Karlheinz Lappler

D A S   L E T Z T E

K L A S S E N T R E F F E N

Herstellung und Verlag: BoD – Books on Demand, Norderstedt
ISBN: 9783753473499

Es ist schon lange her, vielleicht schon achtzehn Jahre oder mehr, als sich die Klassenkameraden nach ihrem Schulabschluss zum letzten Mal getroffen haben. Mehrere Anläufe waren gescheitert, meistens aus beruflichen und terminlichen Gründen. Das erste Treffen hatte noch gleich nach dem Ende ihrer Schulzeit am Johannes-Kepler-Gymnasium stattgefunden und jeder, der gekommen war, und es waren fast alle gekommen, berichteten damals schwärmerisch von ihren ersten Studien- oder Ausbildungsmonaten an der Universität oder in der freien Wirtschaft.

Aber nun hatte Claus, der ehemalige Klassensprecher in der Abschlussklasse, dem das Abstimmen und Abgleichen nach vielen Telefonaten, Briefen und Mails über viele Wochen langsam auf die Nerven ging und es ihm zu dumm geworden war, sich mit einem anderen Klassenkameraden, seinem Banknachbarn Georg, zusammengetan, einfach eine abgelegene Hütte in den oberbayerischen Bergen ausgekundschaftet und gemietet. Sie war nicht zu hoch gelegen, da sie die Kameraden, die sie mit ihrem Schreiben mehr ultimativ gezwungen als eingeladen hatten, dort zu einem bestimmten Termin einbestellt hatten.

„Wer kommen will, soll kommen, wer es nicht schafft, wird leider ein interessantes, einmaliges Klassentreffen verpassen!", schrieb er in seiner ziemlich befehlshaft verfassten Einladung.

Die Begrenzung auf zwölf Übernachtungsplätze, die er anbot, sollte den Druck auf die angeschriebenen Kameraden verstärken.

3

„Die Anmeldungen werden nach ihrem zeitlichen Eingang berücksichtigt!", setzte er hinzu.

„Und erwartet keine großen Umstände. Wir sind Selbstversorger. Ich organisiere Essen und Getränke."

»Ist das nicht ein wenig scharf formuliert«, versuchte sein Mitstreiter in dieser Sache einzuwenden.

Die Rückmeldungen waren enttäuschend. Aber Claus dachte: »Lieber weniger, als ein unübersichtlicher Haufen, mit dem ich in der Schule ohnehin nie richtig etwas anfangen konnte. Der macht nur viel Arbeit.«

Claus nahm an, dass jetzt eigentlich alle — vielleicht mit einigen Ausnahmen — sich wie er selbst im Ruhestand befinden müssten. Darum sollte es zeitlich besser klappen als vor einigen Jahren, in denen nichts zusammen gekommen war und kein Treffen stattfand.

Letztlich ging die Rechnung der beiden Organisatoren knapp auf. Nur zwei, die sich leider verspätet angemeldet hatten, mussten abgewiesen werden.

Der vereinbarte Tag im Herbst war schließlich gekommen. Die Sonne war gerade über den östlichen Gipfeln des Werdenfelser Landes aufgegangen. Schon früh war Claus, als der Hauptorganisator des Klassentreffens, von zu Hause aufgebrochen, um vor allen anderen am Veranstaltungsort zu sein. Die Hütte, die er gemietet hatte, lag nicht weit von Mittenwald entfernt. Werner war zu seiner Unterstützung nur eine geringe Zeit später an der Hütte angelangt.

Claus wartete schon vor dem Eingang der Hütte und genoss die frühen Sonnenstrahlen. Einen Teil der Lebensmittel und Getränke hatte er schon nach drinnen getragen und verstaut. Den Rest erledigte er zusammen mit Georg. Sie hatten nun Zeit, zu beobachten wie seine früheren Mitschüler mit ihren Autos die Serpentinen der schmalen Bergstraße emporkrochen.

Armin, der promovierte Chemiker, natürlich in einer schweren schwarzen Limousine, machte den Anfang. Er parkte, da der große Platz noch bis auf Claus' Auto frei war, neben dessen Auto. Er nahm den kurzen Weg zur Hütte mit strammen Schritten, die ihn leicht außer Puste brachten. Da noch einige Minuten vergingen, bis zwei weitere Teilnehmer, geradezu wie ein Gespann hintereinander am Horizont auftauchten, blieb den dreien, Claus, Werner und Armin, Zeit, einen ersten Smalltalk zu beginnen und schon erste Eindrücke zum Wetter und der sonnigen Entwicklung des Tages auszutauschen. Sich nach sehr langer Zeit wieder zu sehen und die Vorfreude auf ein gemeinsames Zusammensein war zu spüren:

»Schön euch wieder zu sehen. Doch deine Einladung war aber sehr trocken und schmucklos gehalten!«, brachte Armin vorsichtig schon eine erste Kritik an.

»Wie zur Schulzeit. Du findest immer einen Kritikpunkt!«, gab Claus lachend zu.

»Was soll's, der Zweck heiligt die Mittel! Es war schon nötig ein wenig Druck auszuüben«, war die Entgegnung von Claus.

»Wie geht's sonst? Haben uns ja lange nicht gesehen«, lenkte Armin rasch auf ein anderes Thema.

»Muss ja! Es geht schon« Claus war noch immer sehr wortkarg.

War es Nervosität oder die Anspannung, ob sein organisatorischer Aufwand die Erwartungen seiner früheren Mitschüler erfüllen würden. Da sich keine weiteren Gesprächsinhalte ergaben, war Armin froh, dass neuankommende Teilnehmer ihr Ziel soeben erreichten. Zwei Mittelklassewagen wurden auf der Parkfläche unterhalb der Hütte abgestellt. Alfred, der Fabrikant und Ludwig, der Musiker, parkten neben dem schweren Gefährt des zuvor Eingetroffenen. Zum Glück für die Autofahrer hatte der Erbauer und Besitzer der Hütte genügend Parkplätze eingeplant.

»Hallo zusammen! Kommen wohl öfter Gäste mit dem Auto herauf? Herauflaufen möchte ich nicht«, war der Begrüßungskommentar von Alfred, der seit der Schulzeit einiges an Gewicht zugelegt hatte.

»Die wenigen PS meines Autos haben gerade noch ausgereicht für diese Bergfahrt«, sagte Ludwig und deutete auf seinen alten, klapprigen 2CV.

»Was will denn ein Taxi hier oben«, sagte Claus und deutete auf ein eben eintreffendes cremefarbiges Fahrzeug.

Das Taxi hielt. Der Insasse verweilte noch im Fahrzeug, zahlte den Fahrpreis und stieg aus. Der Taxifahrer folgte ihm zum Fahrzeugheck und öffnete den Kofferraum, von wo der Fahrgast einen Rucksack und eine Tasche entnahm. Ein älterer, grauhaariger Herr blickte zur Hütte hinauf. Er hielt sich die Hand schützend an die Stirn und winkte dann den oben Wartenden zu.

»Das ist ja der Erwin!«, sagte Ludwig, der als Erster den näherkommenden Mitschüler aus früheren Zeiten erkannte.

6

»Er ist ganz schön alt geworden.«

»Wie wir alle!«, meinte Claus kurz angebunden.

»Wenn man ohne Auto ist, muss man andere Verkehrsmittel benutzen. Erst den Zug, dann ein Taxi«, bemerkte Erwin, nachdem er das kurze Wegstück nach oben zurückgelegt und sein Gepäck vor die andern am Vorplatz vor der Hütte abgesetzt hatte.

Gerhard kam mit seinem in die Jahre gekommenen Mercedes-Diesel den Berg herauf. Nicht bei allen wurde der Schulkamerad so herzlich begrüßt, wie es bei den anderen auffällig geschehen war.

Die wartenden Mitschüler standen nun im Halbkreis zusammen und schauten immer wieder auf den Zufahrtsweg zur Hütte ins Tal hinunter, auf dem sich ein Motorrad näherte.

»Ich wette, das ist der Werner!«, meinte einer.

Der Motorradfahrer winkte schon in der letzten Kehre zum Berg hinauf.

»Der Werner war schon immer ein besonderer Typ.«

»Ein Individualist eben.«

»Wer fehlt denn noch?«, wollte Ludwig wissen.

»Nach den Anmeldungen müsste noch der Günther kommen. Walter und Helmut haben mir telefonisch mitgeteilt, dass sie erst am Spätnachmittag eintreffen werden«, erklärte Claus. »Sie haben den weitesten Anfahrtsweg.«

Die oben Versammelten begrüßten mit einem vielstimmigen, lauten „Hallo" den Motorradfahrer, der seinen Helm abgenommen, ihn auf den Unterarm gesteckt, und seinen Rucksack auf den Rücken geschwungen hatte.

»Na, da kann ich jetzt ja schon mit einigen Erklärungen beginnen!«, sagte Claus und unterbrach das Durcheinander der Begrüßungsgespräche.

Kaum hatte Claus mit seinen Erklärungen begonnen, steuerte ein Kombi mit einer merkwürdigen, jedoch deutlich lesbaren Werbeaufschrift den Parkplatz an. Zu lesen war: „Tanz- und Gymnastik-Club". Dem Fahrzeug entstiegen ein Mann und eine zierliche Frau.

»Gehört der zu uns? Der wird doch nicht eine Frau mit heraufbringen!«, frotzelte Armin.

»Nein, schau doch, die verabschieden sich gerade«, bemerkte Alfred.

»Ja, wir haben Glück und bleiben unter uns. Die Frau fährt ja schon wieder.«

Der Kombi verließ den Parkplatz und bewegte sich die Serpentinenstraße abwärts.

»Jetzt sehe ich es erst, das ist der Walter.«

Claus war bemüht, sich mit seinen organisatorischen Erklärungen durchzusetzen.

»Also, ich habe eine Art Fahrplan oder Essensplan gemacht, was wir wann essen, den lese ich euch kurz vor. Ich hoffe ihr seid mit allem einverstanden, denn es wird euch nichts anderes übrigbleiben, denn wir können nur das essen, was da ist. Wie ich euch schon geschrieben habe, sind wir nämlich Selbstversorger.«

Kritische Stimmen erhoben sich kaum, da jeder froh war, dass Claus, der als guter Organisator bekannt war, im Vorfeld einiges an Vorbereitung, wenn nicht alles, übernommen hatte.

Claus erklärte die Einteilung und Zuordnung der Schlafplätze.

»Zu den Schlafplätzen: Wir haben vier Einzelzimmer und vier Doppelzimmer zur Verfügung. Die Doppelzimmer haben Stockbetten. Ihr müsst euch untereinander einigen, wer mit wem sich ein Zimmer teilt und wer ein Einzelzimmer beansprucht. Die Zimmer sind alle nicht sehr groß. Nicht so groß, wie ihr es wohl von euern üblichen Hotelaufenthalten gewohnt seid. Halt! Fast hätte ich es vergessen. Hier im unteren Bereich gibt es noch zwei kleine Kammern.«

Erstaunlich, dass es auch hier kaum keinen Widerspruch gab. Schnell waren alte Beziehungen und Kameradschaften aufgefrischt und man hatte sich auf die Zimmerverteilung geeinigt. Nur Gerhard fand keinen Zimmergenossen und er zog schließlich eine Kammer vor.

Es wurde der Zeitpunkt des Abendessens bekannt gegeben und alle fanden sich wider Erwarten pünktlich im Aufenthaltsraum der Hütte ein, die von allen als komfortabel und großzügig ausgestattet gefunden wurde.

»Endlich einmal kein 5-Sterne-Hotel, auch wenn mir eine Kühlbox neben dem Bett fehlen wird«, stellte Alfred fest.

»Du wirst schon genügend kühle Getränke hier in der Küche nebenan vorfinden«, bemerkte Claus.

»Jetzt habe ich noch eine erfreuliche Information bekannt zu geben. In meinem Einladungsschreiben erwähnte ich, dass wir Selbstversorger sein werden. Durch gute Beziehungen konnte ich eine Fachkraft aus dem Restaurant meines Lieblingsitalieners speziell für uns verpflichten, die uns kulinarisch verwöhnen wird. Allerdings kann sie erst morgen bei uns sein!«

Die versammelte Gruppe drückte spontan ihre freudige Begeisterung aus.

»Also wenn alle versammelt sind, können wir mit dem Essen beginnen«, drängte Armin, der beim Platznehmen an der Stirnseite des langen Holztisches schon seinem Appetit Ausdruck verlieh.

Da nun auch Walter und Helmut mit einer halbstündigen Verspätung eingetroffen waren, war das Klassentreffen vollzählig.

»Also Leute, da heute ein so schöner warmer Tag war, lasst uns mit einem „Bayerischen Wurstsalat" mit viel Bier beginnen. Oder ist ein Mineralwassertrinker unter euch?«, fragte Claus in die Runde.

»Aber für mich bitte mit nicht so viel Zwiebeln. Die vertrage ich nicht so gut«, wehrte Ludwig ab, als Claus die Teller verteilte, die er in der Küche vorbereitet hatte.

»Dann schieb sie doch einfach zur Seite. Es zwingt dich keiner dazu, sie zu essen«, wies Claus den Einwand ab.

Es gab viel Gesprächsstoff am ersten Tag des Zusammentreffens über die zurückliegenden Jahre schon vor und während des Essens auszutauschen, in denen jeder voll mit seinen eigenen beruflichen und familiären Bindungen die anderen nach all den Jahren auf den neuesten Stand brachte. Jedoch merkten die Teilnehmer rasch, dass keiner an den individuellen Gegebenheiten der anderen so wirklich vertieft interessiert war. Alle hatten schon eine gewisse Zeit Abstand zum Berufsleben. Sie befanden sich jetzt in der Lebensphase danach.

»Ich bin froh, dass ich aus dieser Mühle heraus bin.«

»Ein, zwei Jahre hätte ich schon noch durchgehalten. Aber wenn man als Älterer die Situation betrachtet, sind die Jungen froh, wenn so einer wie ich freigesetzt wird.«

Man hörte noch ehrliche, aber auch jammernde Worte.

»Was wollen wir heute noch tun, nur über unsere alten Jobs reden?«

»Sollen wir uns besaufen, wie damals auf der Abschlussfeier?«

»Nee, bloß nicht. Es kommen ja noch zwei Tage.«

»Und Abende!«, lachte Armin.

»Wir könnten noch Karten spielen oder ein Gesellschaftssiel. Karten sind da, aber kein „Mühle-Brett", kein „Mensch ärgere dich nicht", nicht einmal Würfel. Das was wir früher immer so gern gespielt haben?«

»Bedenke, wir sind aber schon einige Jahre älter geworden!«

»Aber das Spielen wird doch keiner verlernt haben!«

»Das nicht, aber ich bin nicht 450 Kilometer hier her gefahren, um Spielchen zu machen!«

»Du warst früher schon immer der Spieleverlierer!«

»Lasst das Gezänke! Dazu sind wir wirklich nicht herge-kommen!«, beendete Claus die halbernsten Streitigkei-ten.

»Wir könnten uns Geschichten erzählen, Stories, die noch keiner von uns kennt, die neu sind, wo auch keiner von uns dabei war!«

»Gut. Dann fang du schon mal damit an«, griff Armin in das Gespräch ein.

Erwin war überrascht, ja förmlich überrumpelt von der plötzlichen Aufforderung Armins.

»Ja, wenn ihr meint und alle einverstanden sind«, sagte Erwin mit einem gewissen Zögern. »Ich bin vermutlich am längsten aus dem Berufsleben heraus.«

»Mit meiner Geschichte möchte ich euch den schick-salshaften Lauf meines Lebens erzählen, der von Glück und Unglück geprägt ist.« Die Aufmerksamkeit für seine Geschichte war schlagartig bei der gesamten Gruppe da.

»Es begann mit dem Abriss und dem Wiederaufbau des Hauses auf der genüberliegenden Straßenseite. Anfangs verfolgte ich zwar das Geschehen mit Interesse, doch versperrte mir das neue Bauwerk zukünftig meinen ge-wohnten Ausblick, da der Bau zwei Stockwerke höher hochgezogen wurde.

Ich war zusehends verärgert, als das Gebäude gegen-über bezugsfertig stand und zog in einer hilflosen Wut die Vorhänge in meinem Zimmer zu. Ich fühlte mich nicht mehr richtig zu Hause, viel weniger als es früher der Fall war, zu Zeiten, in denen ich viel weniger dort anwesend war.

Einmal am Tag, außer sonntags, wenn ich dachte der Briefträger müsste auf seiner Runde an unserem Wohnblock vorbeigekommen sein, bequemte ich mich, meine Wohnung zu verlassen und nahm den Weg auf mich, die Treppen zum Hauseingang hinunterzusteigen.

An einem anderen Tag stieg ich wieder einmal missmutig die Treppe hinab, da ich mit Gewissheit damit rechnete, einen leeren oder einen mit wertlosem Werbematerial gefüllten Briefkasten vorzufinden. Mein Erstaunen war groß, als ich einen, wie ich vermutete, wichtigen Brief entnahm, der als Absender eine Anwaltskanzlei angab. Fast triumphierend schwenkte ich den Brief in meiner Hand, als ich meine Wohnung wieder betrat. Ich entnahm meinem Schreibtisch, einen altertümlichen Brieföffner, den ich dort verwahrte, weil ich ihn zu selten brauchte. Ich las mehrmals die Anschrift des Briefes, meinen Namen und die Adresse. Das stimmte alles. Der Absender befand sich in Bayreuth. Der Ort, eine mittelgroße Stadt mit knapp 75 000 Einwohnern in Oberfranken war mir bekannt, obwohl ich noch nie dort gewesen war.

Mit Sorgfalt schlitzte ich das Kuvert auf und entnahm das anwaltliche Schreiben, in dem mir mitgeteilt wurde, dass ich von einer mir bislang unbekannten Kusine meiner Mutter ein Erbe zugefallen war. Ich dachte an meine vor einigen Jahren verstorbene Mutter und an deren Verwandtschaft. Dabei konnte ich mich nicht an eine Verwandte namens Erna Mitterer erinnern. Der Name, der jedoch mit dem Mädchennamen meiner Mutter übereinstimmte, ließ mir irgendeine Verbindung erahnen, aber das hatte sicher die Anwaltskanzlei, von der dieses

Schreiben stammte, bereits ermittelt. Ich war als Erbe auserkoren! Der Erbe, so wollte es das Testament, müsse das Haus beziehen und darin wohnen, mindestens fünfzehn Jahre, sonst würde es dem Staat anheimfallen.

Mir schossen die unterschiedlichsten Gedanken durch den Kopf: Ich erbe! Ich wusste nur nicht genau, was ich erbe. Ich müsste mir einen ersten Eindruck verschaffen. Ich müsste mir das vor Ort anschauen. Dann folgerte ich: Wenn ich das Erbe annehme, dann müsste ich die Stadt, in der ich über fünfundsechzig Jahre wohnte, verlassen. Ich müsste umziehen, mit all meinen Möbeln, meinen Büchern, meinem ganzen Hausrat. Sollte ich mir das wirklich antun?

Aber der neue Hausbau gegenüber ärgerte mich und das Erbe, von dem ich mir kaum eine Vorstellung nachte, reizte mich doch. Es könnte Abwechslung in mein eintöniges Leben als Pensionist bringen. Ich telefonierte mit der Anwaltskanzlei, um einen Termin für eine Besprechung und eine Besichtigung zu machen und erbat mir von dort eine Begleitung.

Ich erhielt die Auskunft, dass ich einen Assistenten der Kanzlei zur Seite gestellt bekommen würde. Dieser würde sich bei mir melden, einen Termin vereinbaren und die gemeinsame Zugfahrt mit mir unternehmen. Jedoch sollte ich zuerst die Anwaltskanzlei aufsuchen, um rechtliche Dinge zu klären. Der Anwalt müsste sich von der leibhaftigen Person des Erbenden überzeugen und ihm anschließend das Testament eröffnen. Danach könne er genauere Einzelheiten seines Erbes erhalten. Ich stellte mir vor, dass wenn ich das alles hinter mich gebracht hätte, könnte ich mich nach meiner Rückkehr in meine

Wohnung wieder meiner gewohnten Ruhe hingeben. Doch mit der Ruhe war es irgendwie vorbei. Ich war zu aufgewühlt. Von den Gedanken an die Erbschaft konnte ich mich von da an nicht mehr lösen. Ich schwankte immer noch zwischen Annehmen und Ablehnen. Eine Zwischenlösung ließ das Testament nicht zu. Also entschloss ich mich hinzufahren.

Das Taxi, mit dem wir das Haus nach einer gemeinsamen Zugfahrt erreichten, entließ uns vor einem kubischen Haus, das durchaus als kleine Villa zu bezeichnen war. Der Fassade, auf die mein erster Blick fiel, trug deutlich die Zeichen der vergangenen Jahrzehnte. An einigen Stellen trat das Ziegelmauerwerk sichtbar aus abgeplatzten Putzschichten hervor. Die Fensterrahmen zeigten abblätternde Farbschichten.

Nachdem ich die Treppe vor dem Haus hochgestiegen war, betrat ich das Haus und befand mich in einem großen Hausflur, von dem zwei Türen in die Räume des Erdgeschosses führten. Eine dunkelbraune Holztreppe leitete uns nach oben. Das Geländer der Treppe war aus geschwungenen schmiedeeisernen Ranken geformt.

Der Führer durch das Haus öffnete eine Türe und sagte nur: „Die Küche". Er tat einige Schritte in den Raum hinein und wies auf eine andere Türe und sagte: „Der Vorratsraum, er ist nur durch die Küche erreichbar. Er hat kein Fenster". Die Küche war groß, so groß, dass sogar ein wuchtiger Eichentisch in seiner Mitte Platz fand. Die Ausstattung mit alten Elektrogeräten, die mein Blick streifte, interessierte mich im Augenblick nicht.

Immer wieder mich umblickend folgte ich dem jungen Mann, der durch eine Verbindungstür in das nebenliegende Wohnzimmer getreten war. Es war wohl der größte Raum im Haus. Dieser wurde durch einen Erker noch vergrößert. Ich trat ganz nach vorne vor die Fensterfront. Durch die vier Scheiben des Erkers hatte man einen guten Rundblick über den baumbestandenen Garten, der allerdings einen von Sträuchern überwucherten Anblick zeigte.

Neben einer Sitzecke bot der großzügige Wohnraum auch eine gemütliche Essecke. Der Wohnraum war so groß, dass ich darin eine Bücherwand aufstellen konnte, in der meine Bücher in einer Reihe Platz hätten. Das beherrschte meine ersten Gedanken.

„Gehen wir hinauf", sagte der junge Anwaltsgehilfe.

Er öffnete die Türe, die auf den Hausflur führte und schritt auf der breiten, knarrenden Holztreppe voran. Im ersten Stock zählte ich vier Türen.

„Hier haben wir ein Schlafzimmer, ein Badezimmer und zwei Gästezimmer", sagte der Anwaltsgehilfe und wies auf die einzelnen Türen. Er führte mich zuerst in das Schlafzimmer. Es war noch vollständig eingerichtet. Eine Schranktür stand offen und man sah Kleider auf den Bügeln hängen. Im nebenliegenden Badezimmer bestaunte ich die Sanitärausstattung, die schon viele Jahrzehnte nicht erneuert wurde. Zu den beiden anderen Zimmern öffnete der Angestellte nur die Türen, trat jedoch nicht ein und ließ mich nur vom Gang aus jeweils einen Blick hineinwerfen. Den muffigen Geruch aus diesen beiden Zimmern bemerkte ich sofort und tat keinen Schritt weiter.

Der pyramidenförmige Dachaufbau war wieder durch eine Holztreppe zu erreichen, die jedoch in ihrer Ausführung schlicht gehalten war.

„Wollen Sie hinauf?", fragte der Assistent.

„Im Augenblick nicht!", war meine Antwort. „Es ist ja nur der Dachboden."

„Dann gehen wir wieder hinunter. Den Keller will ich Ihnen noch zeigen", meinte er Assistent.

Ihm die Treppen hinunter folgend, standen wir im Kellergang.

"Das Haus ist voll unterkellert, wie es früher so üblich war", erklärte der Assistent. „Ziegelmauerwerk", setzte er noch hinzu. Ich war beeindruckt von einem großen Kellerraum, der zwar mit viel Gerümpel angefüllt war, aber sofort meine Fantasie anspringen ließ. Da ich bislang nur schweigend dem Assistenten gefolgt war, platzte mit meinen spontanen Gedanken los: „Das gäbe einen geräumigen Weinkeller und ich denke, dass er auch die richtige Temperatur für eine optimale Lagerung hat."

Der Assistent wollte sich zum Thema Wein nicht äußern und wir begaben uns wieder nach oben. Wir drehten unsere Besichtigungstour durch den Garten bis an die Gartengrenze, die vom Haus aus nicht sichtbar gewesen war.

„Nun, was denken Sie?", fragte der Assistent.

„Ich bin kein Fachmann, aber man wird einiges an Geld investieren müssen."

„Da haben Sie leider Recht. Wenn Sie möchten, kann ich Ihnen einen Architekten empfehlen, der auch für unsere Kanzlei arbeitet."

„Ich muss nochmals darüber schlafen und auch meiner Frau davon erzählen," erwiderte ich ihm.

„Natürlich, es bleiben Ihnen für Ihre Zu- oder Absage noch sechs Wochen Zeit bis zu Ihrer Entscheidung. Jeder Erbe darf auch sein Erbe ausschlagen, das ist in § 1942 des BGB gesetzlich festgelegt«, erklärte er fachkundig. „Unsere Kanzlei stellt zügig fest, ob das Erbe überschuldet ist oder nicht und sichert damit Ihre schwierige Entscheidung ab, ergänzte er."

„Der Erbe muss sich beim Nachlassgericht am eigenen Wohnsitz oder beim letzten Wohnsitz des Erblassers persönlich vorstellen und ausweisen, um das Erbe ausschlagen zu können. Vor Ort wird die Ablehnung dann zu Protokoll gegeben. Schriftlich oder telefonisch lässt sich dieser Schritt nicht erledigen. Eine Alternative ist, einen Notar mit der Erklärung zu beauftragen, der diese an das zuständige Nachlassgericht weiterleitet. In beiden Fällen wird eine Gebühr fällig, die sich nach der Höhe des Nachlasses richtet. Aber das zu besprechen, hängt dann von ihrer Entscheidung ab."

„Danke für die Information, aber ich muss das alles erst verdauen", bemerkte ich abschließend.

Ich hatte einige unruhige Nächte zu durchwachen. Einen Schlaf, der nicht durch quälende Wachphasen unterbrochen wurde, gab es für mich nicht mehr. Was sollte ich tun? Wie sollte ich mich entscheiden? Beim Abendessen am Tag meiner Rückkehr von der Hausbesichtigung hatte ich meiner Frau von dem Erbe, den Auflagen aus dem Testament und schließlich von dem Besuch vor Ort mit der Schilderung von den wichtigsten Einzelheiten, erzählt.

Zunächst brachte meine Frau Argumente für die Ablehnung des Erbes in das Gespräch ein: Sie wollte ihren bestehenden Kreis von Freunden und ihre vielen Aktivitäten nicht aufgeben, der große Aufwand eines Umzuges, bei dem sie jede Unterstützung seitens ihres Mannes vermissen würde, das Einleben und Eingewöhnen in eine neue Nachbarschaft in einer fremden Stadt, das alles ließ bei ihr den Gedanken an das Ausschlagen des Erbes aufkommen. Aber sie zählte dann auch Argumente für eine Annahme auf: Die vergrößerte Wohnfläche, den Garten und anderes nannte sie, obwohl sie weder das Haus noch die Einzelheiten gesehen hatte. Und sie wäre unsere aufdringliche Nachbarin los!

Für mich bedeutete das keine Hilfe für meine Entscheidung. Für mich war von Bedeutung, dass dieses Erbe ein Gewinn darstellen müsste. Nicht nur das Haus, sondern auch ein Kapital, mit dem die notwendigen und wünschenswerten Umbauarbeiten zu finanzieren wären, war in die Überlegungen einzubeziehen. Die Fahrt zur Anwaltskanzlei sollte weitere Angaben deutlich werden lassen, um zu einer Entscheidung zu kommen.

Ich reiste wieder mit der Eisenbahn zur Anwaltskanzlei. Dort war schon alles vorbereitet: die notwendigen Schriftstücke, der Papierkram. Anscheinend war der Assistent von meiner Entscheidung, das Erbe anzunehmen, nach unserem Besuch fest davon überzeugt, so dass sich keine Verzögerungen ergeben werden.

Den letzten Anstoß gab der Anwalt, als er nach Verlesung des ersten Teils des Testament hinzufügte, dass noch ein Barvermögen im Erbe vorhanden sei: vierhundert Tausend Mark bei einer Sparkasse und weitere fünfzig Tausend bei einer Privatbank.

„Zu beachten sind jedoch noch die Erbschaftsteuer für das Finanzamt und meine Honorarkosten", fügte er gleich hinzu.

Ich besprach zu Hause die Angelegenheit der Erbschaft mit meiner Frau.

„Wir müssen da gemeinsam hinfahren, immerhin muss ich ja dann mitumziehen", war ihre Schlussfolgerung.

»Ich werde deine Schwester anrufen, sie soll ihrem Sohn, den Engelbert, beauftragen, uns zu fahren. Er tut ja sonst nichts, er hat ja keine Arbeit".

Ich hatte kein gutes Verhältnis zu meinem Neffen Engelbert. Zum einen hatte er das Gymnasium nicht geschafft, was ich als Selbstverständlichkeit erachtet hatte. Zum zweiten hatte er nicht einmal einen ordentlichen Handwerksberuf erlernt, sich mit Jobs durchs Leben geschlagen und Gelegenheitsarbeiten angenommen, um sich ein Auto leisten zu können. Das war das einzige wovon ich profitieren konnte und worüber ich mich bei meinem Neffen nicht mokierte. Ich selbst besaß kein Auto und ich hatte nicht einmal den Führerschein. Den hatte ich nie gebraucht, denn nach meinem Studium war ich an das Gymnasium in unserer Stadt gekommen und hatte mir unweit davon eine Wohnung genommen, von der aus ich in wenigen Minuten meinen Dienstort erreichen konnte.

Ich rief also die Schwester meiner Frau an und bestellte meinen Neffen für die kommende Woche zu mir, um mich dann zusammen mit meiner Frau auf den Weg nach Bamberg zu machen.

Engelbert war erstaunlicherweise sofort bereit, die Fahrt nach Bamberg zu unternehmen. Vermutlich rechnete er damit, dass sich der Onkel finanziell großzügig erweisen würde, da er am Rande mitbekommen hatte, dass es sich um eine Erbschaftsangelegenheit handelte.

Der Architekt, der von der Rechtsanwaltskanzlei empfohlen wurde, rechnete sich ein ansehnliches Honorar für die notwendigen Umbaumaßnahmen aus. Ich zeigte mich bei den Verhandlungen mit dem Architektenteam gar nicht so unbeholfen, wie ich von den Baufachleuten eingeschätzt wurde. Am Kostenvoranschlag des Architekten für die Renovierungsarbeiten konnte ich einiges korrigieren und den Preis entsprechend absenken.

Je näher der Tag des Umzugs heranrückte, desto nervöser wurde ich. Hatte ich vorher die ganze Angelegenheit, die Arbeiten, die durchgeführt werden mussten, ruhig begleitet und fast beiläufig aufgenommen, merkte man mir eine wachsende Anspannung an. Ich musste meine gewohnte Umgebung, vor allem mein Arbeitszimmer verlassen, obwohl ich mir in Gedanken die erweiterte Wohnmöglichkeit meines neuen Hauses immer wieder vorstellte.

Nun war der Tag gekommen. Die Möbelpacker irritierten mich vom Morgen an und ich lief immer wieder in Gefahr den Arbeitern im Weg herumzugehen und ihre Abläufe zu stören. Ich merkte es am Verhalten der Hilfskräfte, die mich wiederholt missmutig anblickten. Ich zog mich dann in eine Ecke zurück, einmal in die Küche, dann ins leergeräumte Schlafzimmer, wo ich mir jedes Mal einen Stuhl ans Fenster rückte, bis ich darauf aufmerksam gemacht wurde, dass ich auch diese letzte Position aufgeben müsse, da die Abfahrt kurz bevorstand.

Nach unserer Ankunft am neuen Wohnort durchstreifte ich das Haus, das nun einen wohnlichen Eindruck machte. Tatsächlich war aus dem großen Kellerraum noch einiges an Gerümpel, schief verzogene Holzregale, ein Stapel mit Kartoffel- oder Kohlesäcken, Holzkisten und zwei verrostete Fahrräder zu entfernen. Hinter einem sperrigen Holzregal, das die Arbeiter nur oberflächlich nach vorne gerückt hatten, tat sich eine verputzte, aber sich sichtbar abzeichnende, türbreite Stelle auf. War da einmal eine Türe? Was lag dahinter? Aber wohin führte sie? Oder war es nur eine Mauervertiefung? Ich benötigte die Lampe, die ich vor der Kellertüre abstellt hatte. Ich holte sie in den Kellerraum herein und leuchtete zuerst alle Wände ab. Alles Ziegelmauerwerk. Es irritierte mich, dass die Maße, die ich in der darüber liegenden Küche genommen hatte, so gar nicht mit denen, die ich im Keller gemessen hatte, übereinstimmen wollten. Vielleicht hatte ich einiges falsch notiert oder zu oberflächlich gemessen. Also prüfte ich alle Maße noch einmal nach und stellte fest, dass der Keller definitiv kleiner als die Küche war. Es musste sich sogar um einen Meter auf der Straßenseite handeln.
Von Engelbert ließ ich ein Stück Putz abklopfen. Es zeigte sich, dass hier sorgfältig gearbeitet und ein Türsturz eingefügt worden war.
„Wir müssen einige Steine entfernen!", sagte ich energisch.

Langsam entnahm Engelbert Stein für Stein aus der Wand. Er schichtete die entnommenen Steine neben der Maueröffnung auf. Ich konnte es kaum erwarten, in den nun geöffneten Raum zu gelangen. Dann sah ich nun im Schein der Lampe, dass hinter der Öffnung nach einem Knick sich hier ein kleiner Gang öffnete. Nach einem Schritt begann eine Treppe abwärts. Ich zählte dreizehn Stufen. Eineinhalb Meter waren es bis zu einer Metalltüre, die mir das Weiterkommen versperrte. Die Türe ließ sich nicht öffnen. Sie war durch ein großformatiges, Kastenschloss verschlossen. Metallbänder, die sich über die Türfläche zogen machten einen wehrhaften, massiven Eindruck.

Was mochte sich hinter dieser Türe befinden? Ein Luftschutzraum? Eine Fortsetzung, ein Gang zum Nebenhaus?

Völlig überrascht war ich, als meine Frau den Vorschlag machte, unsere ehemalige Nachbarin zur Besichtigung unseres neuen Hauses einzuladen.

„Engelbert könne sie ja mit dem Auto fahren!", meinte sie.

Ich befürchtete schon das Wiederaufflammen früherer Tage in unserer alten Wohnung. Aber ich musste Gleichgültigkeit vorschützen, um bei meiner Frau keinen Verdacht aufkommen zu lassen. Um gefährlichen Situationen auszuweichen, kam ich auf den Gedanken, mit einem Kollegen aus früheren Tagen der ebenfalls Zeit übrig hatte, eine kleine Weineinkaufstour ins Elsass zu unternehmen. Also war ich während der Zeit, als die Nachbarin auf Besuch da war, im Elsass.

Wochen später berichtete mir meine Frau, dass unsere frühere Nachbarin vermisst würde und ohne Spuren zu hinterlassen, wie vom Erdboden verschluckt sei.

»Vermisst werden viele Menschen. Bei uns in Deutschland sind es jährlich etwa 11 000! Die Zahl habe ich von meiner Dienststelle«, sagte Gerhard eifrig.

Dem Erwin kam die Unterbrechung sehr ungelegen und dachte nur an die Fortsetzung seiner Geschichte, ohne auf den Hinweis von Gerhard einzugehen.

»Nahezu nebenbei gestand mir meine Frau, dass bei ihrem letzten Besuch bei ihrer Ärztin ein unheilbarer Tumor diagnostiziert worden war. Aber ein Facharzt müsse den Befund noch bestätigen. Einen Termin habe sie schon. Für mich war diese Nachricht fast nicht zu glauben, ich war wie benommen.

Doch ein Vierteljahr später war ich Witwer. Wie ein Waisenkind stand ich in der Welt. Viele Gedanken geisterten noch wochenlang durch meinen Kopf. Wie sollte mein Leben weitergehen? Und immer wieder tauchte die nervende Frage auf: Wo war die Nachbarin abgeblieben? Welchen Hintergrund hatte die Einladung der Nachbarin, die meine Frau im Grunde nicht mochte und der sie immer skeptisch begegnet war?

»Welche Auskunft hat dir dein Neffe gegeben?«, wollte einer der Zuhörer wissen.

»Ach, den Engelbert konnte ich nicht mehr fragen. Dazu hatte ich keine Möglichkeit mehr. Er fuhr — vermutlich mit überhöhter Geschwindigkeit — in eine unübersichtliche Rechtskurve, kam auf die Gegenfahrbahn und kollidierte mit einem entgegenkommenden Lkw!«

Es trat eine plötzliche Stille ein. Erwin fiel es nun schwer seine Erzählung zu beenden.

»Den Weinkeller betrat ich nur noch selten. Immer im besorgten Blick auf die Wand, die nun mit einem schweren Regal für meine Weine verstellt war, als könne sie sich plötzlich öffnen und ein Geheimnis preisgeben.«

Als Erwin geendet hatte, prasselten erwartungsvoll noch einige offene und zu klärende Fragen auf ihn herab:

»Hast du wenigstens die Polizei eingeschaltet?«

»Die Polizei weiß bis heute davon nichts.«

»Hast du dann wenigstens das Haus verkauft?«

»Nein, aber ich würde gerne in meine alte Heimat zurückwechseln. Doch würde sich ein Käufer nicht auch den Keller genauer anschauen wollen, dann ...«

Erwin zuckte mit den Schultern und schwieg.

»Das war aber eine äußerst weitschweifige Geschichte, die du uns erzählt hast«, meinte Werner der inzwischen wieder wachgeworden war. »Leider habe ich einige Teile nicht ganz mitbekommen.«

»Das hat dich ganz schön mitgenommen und es steckt noch tief in dir drinnen«, bemerkte Armin.

Einigen brannte noch eine gewisse Neugier auf der Seele, zu der Erwin Stellung beziehen musste. Letztlich wollte er gar nicht all die aufkommenden Fragen beantworten und war froh, als seine Kollegen reihenweise von der Müdigkeit übermannt wurden. Man beschloss, den Abend zu beenden. Den es war für alle ein langer Tag gewesen.

»Leute, ich bitte euch, dass ihr euch in euern Erzählungen kürzer fasst, sonst müssen wir noch einen Tag dranhängen.«, sagte Ludwig etwas überfordert.

»Wenn alle Erzählungen so spannend sind, dann haben wir doch eine unterhaltsame Zeit vor uns«, war aus der Runde zu hören.

»Es soll jedem grundsätzlich freigestellt sein, was er erzählt und wie er es erzählt!«, meinte Claus.

Dann ging man langsam in Kleingruppen auseinander.

Am nächsten Tag nach dem gemeinsamen Frühstück, wobei die einzelnen Kameraden in zeitlich recht unterschiedlichen Abständen im Aufenthaltsraum erschienen waren, wurden ihre in Kleingruppen zerfallenen Gespräche von Claus gestoppt.

»Nachdem wir gestern nur eine kleine Brotzeit einnehmen konnten, wird es von nun an besser werden. Ich darf euch vorstellen: Signore Giuseppe Tardelli, der Koch meines Lieblingsitalieners. Als Helfer in der Küche hat er seinen Sohn Peppino mitgebracht.«

Der Koch erschien im Rahmen der Küchentüre wie ein Showstar aus dem Background. An seiner Seite stand sein Sohn, mit erst 13 Jahren. Alle klatschten, obwohl sie noch nie bei dieser Spitzenkraft gegessen hatten, aber ein kochender Italiener war ihnen lieber, als noch einen Tag als Selbstversorger durchstehen zu müssen.

»Für heute Mittag servieren wir eine Spezialität und anschließend ein Nudelgericht mit Salat zum Sattessen. Mehr möchte ich nicht verraten.«

»Da ich feststelle, dass alle das Frühstück beendet haben und wir vollzählig beisammensitzen, können wir mit den Geschichten, wie gestern ausgemacht, fortfahren. Wer ist der Nächste?«, fragte Claus.

Alle blickten erwartungsvoll die Tischreihe hinauf und hinunter, bis Armin sagte:

»Na, dann mache ich halt für heute den Anfang.«

»Ich will mich nicht vordrängen, aber meine Geschichte könnte einige noch etwas erfrischen nach einer doch kurzen Nacht.«

»So verpennt sind wir jetzt auch wieder nicht. Außerdem sollten wir Claus für das Frühstück danken, das er umsichtig vorbereitet hat«, meinte Ludwig.

Alle nickten zustimmend Armin zu.

Er räusperte sich und begann seine Erzählung:

»Also, es ereignete sich in der Zeit als ich meine Stelle in Baden-Württemberg aufgab, um eine besser dotierte in der Schweiz anzunehmen. Ich muss dazu sagen, dass ich mein Chemie-Studium erfolgreich in Ulm abgeschlossen habe. Es reizte mich schon viele Jahre, den Jakobsweg in Süddeutschland zu beginnen, wenigstens ein gutes Stück, nicht die ganze Länge, zu gehen. Jetzt hatte ich ungefähr fünf Wochen Zeit bis zum Antritt an meiner neuen Stelle in Zürich.

Ich machte mich allein auf den Weg, wie es bei den meisten so üblich ist, um mit seinen Gedanken zu sich zu kommen. Ein Freund, der auch schon ein Stück des Jakobswegs durch Deutschland gegangen war, überließ mir seine Wanderkarte, in der der Weg deutlich sichtbar eingezeichnet war. Ein Weg, nicht den Hauptpfaden folgend, sondern auch querfeldein.

Am dritten Tag, als ich mich schon am Rand des Schwarzwaldes glaubte, die Bewaldung lockerte sich auf, führte der Weg hügelaufwärts und wieder hügelabwärts, als ich auf dem Weg aus dem Hochwald in eine Lichtung hinaustrat, konnte ich sehen, wie sich mein eingeschlagener Weg fortsetzte. Den leichten Abhang hinunter, dort ragten die beiden Türme einer Kirche heraus. Beim Näherkommen wurde mir bewusst, dass es sich nicht um eine ländliche Wallfahrtskirche handeln

könne, sondern, als ich die größeren umgebenden Gebäude wahrnahm, die sich zu der Kirche gesellten, war
mir klar, dass es ein Kloster sein musste. Ein Kloster,
sicher von schweigenden Mönchen bewohnt, da es so
weit von anderen menschlichen Ansiedlungen entfernt
lag. Ich richtete meinen ausholenden Schritt auf das ab-
schirmende Torgebäude zu.

Dort angekommen, betätigte ich die Glocke der Pforte.
Es dauerte eine Weile, bis sich das kleine Seitenfenster-
chen öffnete und das Gesicht einer alten Nonne erschien.

„Sie haben geläutet!", meldete sich eine missmutige
Stimme.

„Ich bin ein Wanderer, der sich nach einem fünfund-
zwanzig Kilometermarsch etwas ausruhen möchte. Ehr-
lich gesagt, ich bin das Wandern nicht so gewohnt. Ich
bin ziemlich untrainiert. Es gab die letzten zehn Kilometer kein einziges Haus, geschweige denn ein Gasthaus."

„Wenn Sie sich nur ausruhen wollen, links um die Ecke
vor dem Klostergarten ist eine Bank."

„Ich würde auch gerne einen Schluck Wasser trinken,
meine Wasserflasche ist bereits leer."

„Neben der Bank ist ein Brunnen, es ist Trinkwasser."

„Hätten Sie auch noch ein kleinwenig zum Vespern?"

„Wir weisen keinen Wanderer ab. Ich werde in der Küche nachfragen. Warten Sie!"

Kein unbedingt freundlicher Empfang!

Das Fenster der Pforte wurde geschlossen und ich suchte die angebotene Bank auf. Ich trank einige Schlucke
des erfrischenden Wassers und stellte mich auf das
Warten ein.

Als ich hörte, dass das Fensterchen wieder geöffnet wurde, und ich ein Räuspern dazu vernahm, trat ich wieder an die Pforte.

Zu meiner Überraschung erschien jedoch nicht das Gesicht der alten Nonne, sondern es war ein junges, fast jugendliches Gesicht, das aber wie das vorige durch die gleiche Kopfbedeckung eingerahmt war.

„Ein junger Wanderer, der sich bis zu uns verirrt hat! Welche Überraschung! Ich werde die Türe öffnen!", sprach die junge Stimme.

Geräuschvoll wurde ein Schlüssel gedreht und ein schwerer Riegel zurückgeschoben. Dann wurde die Eichentüre bewegt.

Die junge Nonne, ganz im schwarzweißen Habit gekleidet, bat den Wanderer einzutreten.

„Ich bin die Mutter Magdalena. Ich bin die Oberin des Kosters."

Die alte Nonne stand sichtlich missmutig, aber schweigend daneben.

Erst als sich die die Oberin mit mir einige Schritte vom Torgebäude entfernt hatten, schloss sie hörbar die Pforte.

„Sie sind aber eine noch junge Leitern des Klosters." entfuhr es mir spontan.

„Entschuldigung. Ich wollte Ihnen nicht zu nahe treten."

„Schon gut. Wir sind nicht mehr allzu viele hier. Und nach dem Tod meiner Vorgängerin fiel die Wahl auf mich. Gelobt sei der Herr im Himmel. Irgendwann müssen die Jungen nachrücken. Meine Mitschwestern sind in einem fortgeschrittenen Alter."

Die Schwester Oberin führte mich zu einem flachen Nebengebäude.

„Jetzt sagen Sie mir, wohin führt Sie eigentlich Ihr Weg?"

„Mein fernes Ziel ist Santiago", behauptete ich großspurig.

„Oh, Santiago de Compostela. Da haben Sie noch ein gutes Stück vor sich."

„Ja, es sind vermutlich noch eintausend achthundert Kilometer", lachte ich frohgemut.

„Dann sind Sie ja ein richtiger Pilger", stellte die Nonne fest.

„Wenn Sie so wollen, dann bin ich ein richtiger Pilger."

„Wann werden Sie dort ankommen?"

„Zeit spielt für mich keine Rolle. Ich lebe im Augenblick zeitlos", gab ich vor.

„Sie werden sich jetzt sicher stärken wollen", die Schwester Oberin brachte das Gespräch auf ein leibliches Thema.

„Ja, etwas zum Essen bräuchte ich jetzt wirklich, denn ich bin heute schon lange auf den Beinen".

Sie öffnete die Türe zu einem kleinen Raum neben der Klosterküche.

„Essen müssen Sie leider alleine. In unser Refektorium darf ich Sie nicht mitnehmen! Aber unsere Köchin wird Ihnen sicher etwas Stärkendes auf den Teller bringen."

Die Köchin, auch eine betagte Nonne mit einem buckligen Rücken, löste sich von einem Vorratsschrank, an dem sie bis jetzt gelehnt hatte und begrüßte mich mit wenigen gemurmelten Worten. Mit einer Handbewegung wies sie mir an einem kleinen Tischchen in der Ecke einen einfachen Schemel an.

„Nicht sehr bequem, aber man kann sitzen und essen", waren ihre trockenen Worte.

„Wir haben nicht nur Wasser, sondern auch eigenen Wein", brachte die Schwester Oberin, auch als Anweisung für die Köchin gedacht, ins Spiel.

Die Köchin trug die bescheidene Speise: Brot, ein Stück Schinken, Käse und einen Krug mit rotem Wein und einen anderen mit Wasser auf. Sie legte ein Messer neben das Brettchen, das zum Abschneiden der gewünschten Stücke gedacht war, daneben. Ein Glas schob sie über die Tischplatte dem seltenen Gast hin.

Die Schwester Oberin wünschte noch einen guten Appetit und wandte sich zum Gehen. An der Türe drehte sie sich noch einmal um mit der Bemerkung:

„Ich schicke Ihnen noch eine Schwester, die wird Ihnen Ihr Schlafgemach zeigen. Gute Nacht!"

Dann schloss sie die Tür, die in den Kreuzgang führte, hinter sich.

Ich machte mich über die aufgetischten Speisen her und war etwas verwundert über die vorzugshafte Versorgung eines einfachen Pilgers.

„Kommen oft Wanderer hier vorbei«, fragte ich noch mit vollem Mund kauend die Köchin, die sich wieder in eine andere Ecke der Küche zurückgezogen hatte.

„Wenige!", war die knappe Antwort. Die Köchin schien nicht an einem längeren Gespräch interessiert zu sein.

Ich kaute weiter und genehmigte mir zwischendurch einmal einen Schluck Wasser und dann darauf folgend einen Schluck Wein.

Gegen 20 Uhr erschien eine junge Nonne. Ich war überrascht, da ich nicht mit einem so jungen Mädchen gerechnet hatte, das noch jünger als die Schwester Oberin zu sein schien.

„Die Schwester Oberin schickt mich. Ich darf Ihnen Ihre Kammer für die Nacht zeigen." Sie war sehr freundlich und machte einen aufgeschlossenen Eindruck.

Ich erhob mich, wünschte der Köchin mit einem Dank für die Speisen und den Wein eine gute Nacht.

Die Köchin knurrte ebenfalls etwas Unverständliches, was ich als Gruß interpretierte.

Ich folgte rasch meiner Führerin bis zu einer Tür vor einem Gitter, das dem Kreuzgang seine Fortsetzung nahm. Die junge Nonne öffnete die Tür der Kammer und ließ mich eintreten.

Die Kammer war sehr bescheiden eingerichtet: ein Bett, ein Tisch, davor ein Stuhl, ein leeres Regal. Das Fenster, weit oben, war recht klein, eigentlich nur eine Luke.

„Ich bringe Ihnen noch ein Licht, denn es wird bald dunkel werden", sagte sie und verschwand im Kreuzgang.

Ich drehte mich um die eigene Achse und sagte zu mir: „Das ist auch schon alles. Aber ich bin ja ein Pilger".

Ich hängte meinen Mantel an den Haken hinter der Tür und stellte meinen Rucksack neben das Bett, das frisch bezogen war. Jetzt nahm ich auch die leere Schüssel mit dem Krug wahr, der randvoll mit Wasser gefüllt war.

„Wohl für die Morgenwäsche", murmelte ich vor mich hin.

Es klopfte. Die junge Nonne trat ein und stellte eine Kerze mit einem Untersetzteller auf den Tisch und legte ein Schächtelchen Streichhölzer daneben. Sie schob ein kleines gefaltetes Papierchen unter das Schächtelchen. Dann drehte sie sich um und wünschte eine gute Nacht. Mit Überraschung, las ich das Zettelchen, das mir ihr Kommen gegen halb neun Uhr ankündigte. Damit hatte ich wirklich nicht gerechnet.

Nach dem die junge Nonne meine Kammer verlassen hatte, ging ich den Weg zurück zur Klosterapotheke, die mir die Oberin bei unserem Rundgang gezeigt hatte. Ich glitt mit meinen Augen über die Regale mit den Töpfchen, Violen und Fläschchen. Ich entnahm vorsichtig prüfend beim Schein des schwachen Kerzenlichts einige wenige Tropfen von verschiedenen Fläschchen und goss alles zusammen in ein Becherglas. Zur Geschmacksverbesserung füllte ich den Becher mit einer limonadenartigen Flüssigkeit auf. Ein Stärkungsmittel, wie ich es mir so oft schon im Labor zubereitet hatte. Es sollte jedenfalls den Blutdruck stärken. Wer weiß, wozu es sonst noch gut sein sollte?

Die junge Nonne erschien nach dem Komplet pünktlich in meiner Kammer. Sie nahm, ohne viel zu fragen, einen erfrischenden, großen Schluck aus dem Becherglas, da ihr der Mund wie ausgetrocknet erschien. Sie entkleidete sich rasch und schlüpfte an meine Seite. Plötzlich, erschreckt durch den Lichtschein, der draußen im Flur unter meiner Türschwelle aufschien, sprang sie auf und zog ihren Habit über. Da die Türe meiner Kammer nicht abschließbar war, lugte sie vorsichtig hinaus, indem sie die Türe einen Spalt leise öffnete. Undeutlich sah ich vor der Türe die Schwester Oberin stehen und die junge erschrockene Nonne trat beschämt in den Gang hinaus.

Die Schwester Oberin bedeutete der jungen Nonne Still-
schweigen, indem sie den Zeigefinger auf ihren Mund
legte und schickte sie lautlos den Gang hinunter, dann
trat sie in meine Kammer ein und brachte mit Eifer und
Geschicklichkeit zu Ende, wozu die junge Nonne nicht
mehr gekommen war.

»Kannst du das vielleicht ausführlicher erzählen«, lachte
Alfred.
»Das überlasse ich ganz deiner Fantasie«, antwortete
Armin kurz und fuhr mit seiner Erzählung rasch fort.

»Am nächsten Morgen herrschte eine ungewöhnlich
angespannte Stimmung im Konvent. Stückweise bekam
ich mit, was die Nonnen in Aufregung versetzt hatte.
Eine junge Nonne war verstorben. Sie hatte schon seit
geraumer Zeit Herzprobleme, was allen bekannt war.
Die Unruhe war spürbar und geheimnisvoll.
Gegen neun erschienen der Pfarrer und ein Arzt. Ich war
in die Küche geschlichen und verzehrte stumm mein
Frühstück, das mir die Köchin, die mich misstrauisch
musterte, wortlos hinstellte.
Noch nie war eine so große Ansammlung von Männern
außerhalb der Gottesdienste in der Klosterkirche: Der
Pfarrer, der das Kloster seelsorgerisch betreute, der
Arzt, der halbjährlich im Kloster vorbeischaute und sich
um die Gesundheit der Insassinnen bemühte, zwei
Steinmetze und ich. Diese beiden Handwerker hatten ein
Hebezeug aufgestellt, um die dicke Steinplatte der Gruft
anzuheben und zur Seite zu ziehen.

In meiner Neugier blickte ich in die Öffnung, die das schwarze Loch freigab. Eine steinerne Treppe führte hinab. Ich zählte acht Stufen. Der Pfarrer leuchtete mit einer Laterne hinab und schritt dann vorsichtig in das Dunkel, das die Lampe nur schwach erleuchtete.

Die beiden Steinmetze trugen den Sarg mit der jungen Nonne die Treppe in die Gruft hinab. Die Oberin, die den beiden ebenfalls mit einer Laterne vorausging, leuchtete ihnen und wies ihnen einen freien Platz in der Gruft zur Ablage zu. Dann folgte der Arzt.

„Auch junge Menschen können ein schwaches Herz haben", sagte der Arzt als er zusammen mit dem Pfarrer neben dem Sarg stand.

„Die Wege des Herrn sind unergründlich", meinte der Pfarrer, bevor er seine geistliche Handlung begann.

„Ich denke Sie warten wieder im Raum neben der Küche, Sie werden im Augenblick hier nicht gebraucht", bestimmte die Oberin an mich gewandt.

Die beiden Steinmetze schlossen sich ebenfalls mir an und verabschiedeten sich mit den Worten: „Wir kommen in spätestens zwei Stunden wieder und verschließen dann die Gruft!"

Sie folgten mir in die Küche in Erwartung einer stärkenden Brotzeit. Wir drei setzten uns gemeinsam an den Tisch in der Küche und man merkte den Steinmetzen an, dass sie den Umgang auf den Friedhöfen, den Gräbern und mit den Toten gewohnt waren, denn sie ließen sich die Brotzeit schmecken, während ich kaum einen Bissen hinunterbrachte. Die Brotzeit war reichhaltiger als meine Vesper am Vortag. Es kam mehr Wurst und Schinken und ein weiterer Krug mit Wein dazu. Dieses Mal ergänzte eine zweite Sorte des im Kloster erzeugten Käses das Mahl.

„Handwerker müsste man sein", bemerkte ich, obwohl ich nicht neidisch sein musste, da ich mich an den angebotenen Speisen beteiligen konnte.

„Wir lassen es uns immer gut gehen. Wir müssen unsere Muskeln stärken", sagte verschmitzt der jüngere der beiden.

Die Handwerker wurden zusehends fröhlicher, wohl durch den Wein, den die Köchin zum Essen dazugestellt hatte, so dass ich den traurigen Anlass des Zusammenseins schon fast vergessen hatte.

Dann kam die Schwester Oberin in die Küche und beendete unser gemütliches Zusammensitzen mit den Worten: „So, wir wären jetzt soweit!"

Die Steinmetze erhoben sich, und auch ich stand auf und folgte ihnen wieder zurück zur Kirche. Dort waren alle Nonnen versammelt und begannen ihre Gesänge.

Ich wollte nicht länger bleiben, da es jetzt schon Nachmittag war, aber meine Neugier veranlasste mich, doch noch, wenigstens für einen Tag zu bleiben.

Ich äußerte meine Absicht der Schwester Oberin und fragte, ob ich mich irgendwo nützlich machen könne.

„Sie können der Schwester Apollonia im Garten helfen, da gibt es noch einiges zu tun.", sagte sie. „Gehen Sie nur gleich hinaus!"

Ich freute mich schon, auf eine junge, hübsche Nonne zutreffen und eilte rasch in den Klostergarten. Doch groß war meine Enttäuschung, als ich auf Schwester Apollonia zuging. Schwester Apollonia war eine Riesin, einen

Kopf größer als ich, ein muskulöses Mannweib. Sie zeigte mir einen aufgeschichteten Holzhaufen, einen Sägebock und eine dazugehörende Bügelsäge. Die Schwester sprach kein Wort zu mir, doch ihre Handdeutungen waren klar verständlich. Also machte ich mich auch schweigend an die Arbeit. Trotz einiger Versuche, mit Fragen meine Neugier bezüglich der Nonne, die letzte Nacht verstorben war, beantwortet zu bekommen, traf ich auf taube Ohren. So vergingen Stunden bis Apollonia mir das Beenden der Arbeit bedeutete. Da meine Muskeln, vor allem im rechten Arm schmerzten – ich hatte schon lange keinen Muskelkater mehr – wollte ich zur Klosterapotheke, um mir ein Fläschchen Franzbranntwein für eine Einreibung holen. Merkwürdigerweise war jetzt die Türe versperrt. So fragte ich in der Klosterküche nach. Nur nach längerem Ausfragen, das schon fast wie ein Verhör anmutete, begleitete mich die alte Küchennonne zur Apotheke. Sie sperrte die Türe auf und wartete an die Türe gelehnt, bis ich mit dem Fläschchen zurückkam. Sie betrachtete das Etikett auf dem Fläschchen und sagte nur:
»Gut!"
Die Nacht, die ich noch in meiner Zelle verbringen musste, war angefüllt mit Muskelschmerz und Albträumen, so dass ich froh war, als die aufgehende Sonne meine Zelle erleuchtete.
Nach einem kurzen, unverbindlichen Gespräch vor dem Kirchenportal, in dem ich meine Anteilnahme an dem traurigen Geschehnis und meinem Dank an die Oberin für die Gastfreundschaft ausdrückte, machte ich mich auf die Fortsetzung meines Weges. Ich war froh, nicht

länger, vielleicht noch für einige Stunden bei den Nonnen ausharren zu müssen.

Ich war einige hundert Meter gewandert, da blickte ich mich noch einmal auf meinem Weg hinab ins Tal um. Gerade noch ragte der Kirchturm des Klosters über die Wipfel des Waldes hinaus, der nun in meinem Rücken lag. Im Tal konnte ich die Dächer der ersten Häuser am Ufer des breiten Flusses in ihrem Ziegelrot durch die Äste der Bäume am Ufer wahrnehmen. Ich hielt auf den Fluss zu, an dessen Ufer ich sicher ein Gasthaus finden würde, um mich von den zurückliegenden Strapazen auszuruhen.«

Alle Anwesenden schwiegen betreten. Keiner ließ sich zu einem abschätzigen Kommentar hinreißen.

Die Pause, die nach diesem Beitrag entstanden ist, nutzte Giuseppe Tardelli, um seinen Speisevorschlag für den Mittag zu erläutern:

»Meine lieben Gäste«, begann er, »ich habe etwas vorbereitet, was ich schon zu Hause mir ausgedacht und zubereitet habe. Calamari kennen alle, aber habt ihr schon einmal ein Carpaccio von einem Polpo gegessen? Es wird so zubereitet: Die Fangarme und der Körper des Polpo, werden nach dem Kochen in eine Form gepresst und nach dem Abkühlen in feine, dünne Scheiben geschnitten und auf einem Teller angerichtet. Dazu gibt es Weißbrot und ein bisschen grünen Salat. Kann auch Feldsalat sein. Ein trockener, kühler Weißwein passt gut dazu. Habe einige Flaschen mitgebracht. Anschließend gibt es noch die Pasta mit Tomatensoße.«

»Wer so etwas noch nicht gegessen hatte, sollte es zumindest probieren!«, meinte Claus beruhigend in die Runde. »Signor Tardelli hat sich große Mühe für uns gegeben!«

Bis auf wenige erstaunte, reserviert blickende Minen, gab es reihum freudige Zustimmung.

»Ja, einmal etwas Besonderes«, war zu hören.

Armin nahm seinen Beitrag wieder auf:

»Aus beruflichen Gründen hatte ich nie mehr die Gelegenheit wenigstens ein kurzes Stück des Jakobsweges zu gehen. Mit dem Auto habe ich später einen Abschnitt des Weges zurückgelegt, aber das ist nicht dasselbe wie Wandern oder Pilgern«, bemerkte Armin noch.

Die meisten Anwesenden bekundeten jetzt ihren Hunger, denn die Mittagszeit näherte sich. Unerwartet aufmerksam beteiligten sich alle und halfen beim Herbeiholen von Tellern und Besteck.

»Vergiss die Gläser nicht«, wurde Claus zugerufen, von einem, dem das Anschaffen so ins Blut eingedrungen war und dem gar nicht einfiel, selbst eine Arbeit für die Gemeinschaft zu übernehmen.

»Auch einer, der im Beruf nur Untergebene um sich hatte«, war die Erwiderung von Claus, der die Aufforderung sofort auf sich bezogen ansah.

»Sei doch mit Alfred nicht so streng, er ist eben durch seinen Karriereweg in diese   Schiene gerutscht«, versuchte Werner auf humorvolle Weise Claus zu beruhigen.

»Jetzt wenden wir uns erst einmal dem Essen zu, das Signor Tardelli für uns bereitet hat. Ich habe auch noch an die Süßen unter euch gedacht und beim Konditor Kuchen geholt. Den gibt es später«, erklärte Claus.

»Das war eine gute und überraschende Idee von dir. Wir können doch den ganzen Tag nicht mit Bier und Wein durchstehen«, meinte Ludwig.

»Wirklich eine gute, durchdachte Idee«, ergänzte Werner.

Als das köstliche, nicht alltägliche Essen beendet war, begann Antonio Lopez mit seinem dunklen, auffälligen Lockenkopf seine Geschichte:

»Ich war vielleicht der einige Exot in der Klasse, da mein Aussehen südländisch wirkt und ich auch ein halber Südländer bin. An meinem Namen Antonio Lopez, kann man unschwer erkennen, dass er von meinem Vater, der Spanier war, herkommt. Meine Mutter war Deutsche und daher bin ich auch zweisprachig aufgewachsen. Ich bin heute noch froh, dass ich wegen meiner Herkunft nie Probleme in der Klasse hatte.

Ich bin schon auf dem Weg nach oben zur Hütte angesprochen worden, ob ich irgendwelche orthopädische Probleme mit den Beinen hätte.

Ich sagte, dass ich das später allen zusammen erklären werde, damit ich meine Gehprobleme nicht zig-mal einzeln erzählen muss.

Mein Vater war Ingenieur des Hochbauwesens und oft im Ausland, vor allem in Lateinamerika tätig. Daher hat es sich nahezu zwangsläufig ergeben, in die Fußstapfen meines Vaters zu treten. Es war auch ein glücklicher Umstand, nach dem erfolgreichen Studium in die norddeutsche Baufirma nahtlos aufgenommen zu werden. Auch folgte ich dem Vater zu den ausländischen Arbeitsplätzen.

Eine Herausforderung war es, nach einigen Jahren ein Projekt in Kolumbien übertragen zu bekommen. Es war der Bau einer zweihüftigen Schrägseilbrücke mit Stützpylonen aus Beton und Stahl. Es war mein Meisterstück und ein Prestigeobjekt vor allem für die Staatsregierung.

»Halt, Antonio. Du kannst uns nicht so einfach Fachbegriffe um die Ohren hauen!«

»Ja. Du hast ja Recht. Ich versuch's zu erklären: Eine Schrägseilbrücke ist eine Brücke, deren Fahrbahnträger an schräg von einem oder mehreren Pylonen gespannten Seilen aufgehängt ist. Ein Pylon ist das Bauteil, über den die Tragseile von Hängebrücken laufen bzw. an dem die Schrägseile von Schrägseilbrücken verankert sind. Zum Ausgleich verlaufen vom Stützpfeiler, dem Pylon, Seile an die Uferseite. Die gleiche Konstruktion war auch so für die andere Seite der Brücke konzipiert. Die Pylone sehen aus wie große, umgedrehte Y-Buchstaben Dieser Typ von Brücke gibt es auf allen Kontinenten. Bekannt ist die einhüftige Brücke bei Düsseldorf, welche die Autobahn A 46 auf 1100 Meter über den Rhein führt.«

»Jetzt kann ich mir das Ganze langsam vorstellen«, bemerkte Alfred.

»Nun, die Einweihung durch den Staatspräsidenten stand in wenigen Wochen bevor«, fuhr Antonio fort.

»Die meisten Bauhelfer, überwiegend Indios, wohnten in unmittelbarer Nähe der neuen Straße über den Río Magdalena, dem längsten Fluss des Landes.

Ich wohnte in einem kleinen Gasthaus im nahegelegenen Dorf zusammen mit meinem Assistenten aus der Schweiz.

Eines Abends standen vier bewaffnete Männer vor unserer Türe. Es waren keine Soldaten des kolumbianischen Militärs. Alle unschwer aufgrund ihrer Tarnanzüge als

Guerilleros zu erkennen. Sie sprachen uns in Spanisch und in gebrochenem English an.

Dass wir mitkommen sollten, war angesichts der Waffen, die auf uns gerichtet waren, eindeutig.

Wir wurden auf den Rücksitz eines Jeeps gezwängt. Neben jedem saß ein bewaffneter Rebell.

Im Halbdunkel des späten Lichts wurden wir zu einem Camp im Urwald gebracht. Die beiden Jeeps hielten vor einem Zelt, das sich in seiner Farbe nicht von der Kleidung der Männer unterschied. Das Zelt war von einem Gitter, das mit Stacheldraht verstärkt worden war, umgeben.

Im Zelt, in das wir durch die Bewegungen mit den Waffen gewiesen wurden, saßen bereits zwei von unseren Bauhelfern.

Das Wachpersonal sprach mit mir, wenn wir mit ihnen alleine im Zelt oder dem angrenzenden gesicherten Bereich alleine war.

Ein junger Rebell, ungefähr in meinem Alter, zeigte sich mir gegenüber aufgeschlossen. Aber nur wenn sein weiterer Wachmann nicht zugegen war. Die Wachen wechselten mehrmals täglich. Sie unterhielten sich, auch vor uns, da sie nicht wussten, dass ich auch Spanisch verstand. Es fielen Sätze wie „Pylone sprengen, wenn bei der Eröffnungsfeier der Staatspräsident mit dem Auto über die Brücke fährt."

Ich machte mir Gedanken, was die Rebellen wohl im Einzelnen planten.

Eines Tage wurden wir aufgeschreckt. Zwei Militärhubschrauber überflogen den Urwald, wo unser Camp gut versteckt unter dem weit ausladenden Blätterdach versteckt aufgebaut war.

Die Hubschrauber flogen nicht geradewegs weiter sondern kehrten in einer Schleife wieder über das Camp zurück. Sie drehten einen verräterischen Kreis. Dann flogen sie unvermittelt wieder davon.

Der Anführer des Camps erschien und befahl, das Lager abzubrechen und alles auf die Fahrzeuge, Lastkraftwagen und Jeeps, die mit Tarnplanen abgedeckt unter den Bäumen standen, zu verladen.

Wir Gefangene mussten bei diesen Arbeiten mithelfen.

Es erfolgte eine hektische Verlegung des Camps in die Berge. Der Bergwald war bis in eine gewisse Höhe ebenso dicht bewachsen wie der tiefer gelegene Dschungel.

„Die werden in weniger als zwei Stunden hier sein", brüllte der Kommandant. „Also schneller! Beeilung! Beeilung! ¡Mas rapido! ¡Apúrate!"

Nach dem Verladen zog die Fahrzeugkolonne über eine Urwaldstraße Richtung Berge. Die Straße war mehr ein breiter Pfad, als eine Straße zu nennen. Die Schlaglöcher rüttelten alle, die auf den Bänken der Ladefläche saßen, stetig durcheinander. Die Zweige, die von außen bis ins Fahrzeug reichten, peitschten auf die Insassen ein.

Plötzlich stoppte die Fahrzeugschlange!

Ein Mann hielt mit dem schwenken einer roten Flagge die Fahrzeuge an. Wir waren an einer Stelle, an der Eisenbahnschienen überquert werden mussten. Natürlich gab es in diesem Urwald keine Schranke, alles musste von Hand geregelt werden.

Dann näherte sich der Zug, ein langer Güterzug mit vielen Waggons, er fuhr sehr langsam.

Nach einem kurzen Zögern sprang ich von meinem Platz auf der Sitzbank des Lkws auf und sprang von der Ladefläche auf den Sandboden neben dem Fahrzeug.

Ohne mich umzusehen, rannte ich auf die vorbeiziehenden Waggons zu. Ich griff nach einer Stange, sprang auf und zog mich hoch auf eine kleine Plattform des Waggons.

Jetzt merkte ich, dass einer der Bauhelfer meinem Plan gefolgt, zum nächsten Waggon gerannt war und dort hochsprang.

Ich glaubte, den Rebellen entkommen zu sein. Doch dann fielen Schüsse. Im gleichen Augenblick traf mich ein Schlag gegen meinen Unterschenkel. Vor Schreck ließ ich meinen Halt am Waggon los und stürzte die Böschung hinunter. Ich überschlug mich mehrfach und blieb dann im hohen Gras liegen. Ich konnte nicht aufstehen. Sofort war ich von einigen Rebellen umringt, die ihre Waffen auf mich richteten. Sie zerrten mich zum Lastwagen, warfen mich auf die Ladefläche, auf der blutüberströmt und von mehreren Schüssen durchlöchert, der einheimische Bauhelfer lag, der weniger Glück hatte, falls man in meiner Situation von Glück sprechen kann. Mein Schweizer Assistent saß wie versteinert und wortlos auf der Bank und traute sich nur vorsichtig einen Blick auf mich zu richten. Einige junge Rebellen machten sich an meinem Bein zu schaffen und versuchten mit einem Druckverband die Blutungen aus den Wunden zu stoppen.

Im Camp am Fuß der Berge brachte man mich in das Feldlazarett. Es war ein etwas größeres Camp, mit einem Gewimmel an Rebellen im Geviert eines Hofes in Tarnkleidung, was ich trotz meiner Schmerzen im Bein ausmachen konnte.

Dort im Zelt besah sich der Arzt meinen zerfetzten Unterschenkel. Er schüttelte nur den Kopf und setzte in meinen Unterarm eine Spritze.

Kurz bevor ich in die Narkose fiel, hörte ich ihn noch sagen: „Amputación"

Ich weiß nicht mehr, wie viel Zeit inzwischen vergangen war, als ich wieder zu Bewusstsein kam. Ich spürte nur leichte Schmerzen in meinem rechten Bein. Erst als ich aufstehen wollte, merkte ich, dass alles anders wie früher war. Ein junger Arzt erklärte mir die neue Situation, mit der ich mich nun abzufinden hatte. Zwei Krücken lagen neben meiner Pritsche, mit denen ich nun erste Gehversuche machte.«

»Alles muss geübt werden!«, lachte Antonio.

»Damals konnte ich noch nicht lachen. Ich musste mit zusammengebissenen Zähnen den Spott und die schiefen Blicke der Rebellen ertragen.«

Antonio setzte seine Erzählung fort: »Doch auch für die Rebellen war die spaßige Zeit bald vorbei. Denn Regierungstruppen starteten einen überraschenden Angriff auf das Rebellenlager. Eine kleine Spezialeinheit war darunter, die den Auftrag hatten, mich zu suchen. Wer sie beauftragt und die Aktion in die Wege geleitet hatte, kann ich nicht sagen. Vermutlich hatte man in der Firmenleitung reagiert oder die Staatsmacht wollte ihre Stärke unter Beweis stellen. Es war ein erbarmungsloser Schusswechsel an diesem Morgen. Gefangene unter den Rebellen wurden keine gemacht.

Ich wurde in das Krankenhaus der Hauptstadt, in die Universitätsklinik verlegt. Dort wurde ich von den besten Ärzten des Landes weiterbehandelt. Nach Abschwellung meiner Wunde erhielt ich eine passgenaue Prothese für meinen Unterschenkel. Weitere zwei Wochen später kam ein Brief von der Staatsführung: eine Einladung, die ich ohne zu wissen, was mich da erwartete, annahm, da ich ohnehin keine Beschäftigung hatte und das Gelände der Klinik nicht verlassen durfte.

Der Empfang beim Staatpräsidenten war eine groß aufgemachte Pressekampagne. Ich saß im Rollstuhl neben dem Staatsoberhaupt, die Blitzlichter durchzuckten den großen Saal. Das Fotografieren nahm kein Ende und der Präsident hing mir eine Verdienstmedaille am Band um den Hals. Es folgte eine schwülstige Rede, wie sie wohl erwartet worden war, die ich dann mit meinem Spanisch entgegnete und darin Dank und Zuversicht ausdrücken konnte.

Nicht weniger Aufmerksamkeit und Presseecho umgab mich bei meiner Rückkehr nach Deutschland. Langsam nur klang die Publicity an meiner Person und meinem Fall ab. Ich erhielt von meiner Firma großzügig unterstützt eine Stelle in der Konstruktionsabteilung in meinem Fachbereich. Vor sechs Jahren bin ich dann vorzeitig in die Rente gegangen.«

Bewundernde Kommentare für Antonio folgten aus dem Kreis der Zuhörer:

»Erstaunlich! Bemerkenswert!«

»Was einem nicht alles zustoßen kann!«

»Ein Glück, dass du das überlebt hast, sonst könnten wir heute nicht so zusammen sitzen.«

»Man muss an sich glauben und sein Schicksal, so gut es geht, in die Hand nehmen«, schloss Antonio seine bewegende Geschichte.

Es folgte eine lange Kaffeepause. In der Einzelne von Antonio noch Auskünfte über sein Studium und seinen Auslandseinsatz wissen wollten. Und ob er in der Zwischenzeit nochmals nach Südamerika gereist sei.

»Wenn alle mit Kaffee und Kuchen zufrieden gestellt sind, trage ich jetzt meine Geschichte vor«, sagte Ludwig und richtete sich schon als den nächsten Vortragenden ein.

Ludwig begann zu erzählen:

»Zuerst muss ich euch sagen, warum ich mich gestern so gegen einen Spieleabend gewehrt habe. Das hat seinen Grund, denn vor vielen Jahren hatte ich eine schlimme persönliche Krise, die ich heute Gott sei Dank überwunden habe, ich aber noch immer mit Vorsicht beachten muss. Ich war dem Spiel und dem Trank zugetan, besser gesagt, ich war spielsüchtig und alkoholabhängig

An einem Abend saß ich allein an einem Tisch in der Wirtsstube eines Gasthauses und trank ein Viertelchen des ortsüblichen Weins. Viel Geld hatte ich zu dieser Zeit nie in der Tasche. Vom Nebentisch, an dem drei junge Männer saßen, kam die Nachfrage, ob ich mich zu ihnen setzen wolle, da sie noch zum Karten spielen ihr Quartett vervollständigen wollten. So gesellte ich mich zu den gleichwohl spielfreudigen und trinkfreudigen Gesellen. Ich wechselte meinen Tisch und setzte mich, diese Einladung gerne annehmend, zu den Kartenspielern. Wir nannten unsere Vornamen und was uns in diese Gegend verschlagen hat. Zwei kamen von auswärts, einer war ortsansässig. Ich sagte, ich sei auf der Durchreise, mehr wollte ich nicht preisgeben. Das war damals in einem Wirtshaus in der Nähe von Volkach, einige Kilometer mainabwärts. Ihr wisst, das liegt am Main. Ein nettes Städtchen.

Es begann ganz harmlos. Ich bekam für meine Bereitwilligkeit am Spiel teilzunehmen einen Schoppen Wein spendiert. Die Einsätze bei unserem Kartenspiel waren lächerlich gering. Ich gewann einen kleinen Betrag. Verdammt wenig, um noch zwei Viertel Wein zu bezahlen, denn mein Geldbeutel war schon seit Wochen leer.

Dem Wirt gefiel unser Spiel nicht, schon vor allem weil einer der anderen drei Spielgesellen sich in der ruhigen und gemütlichen Wirtsstube, ob er gewann oder verlor, sich nach jeder Spielrunde immer lautstark in Szene setzte, so dass die anderen Gäste ihre Köpfe wandten und mitunter irritiert bis missmutig zu uns herüberblickten. In den Augen des Wirts störte das die anderen Gäste und vermutlich konsumierten wir auch zu wenig. Wir hatten keine Bestellung für eine Schlachtplatte aufgegeben, wie sie an anderen Tischen verzehrt wurde, sondern nuckelten nur an unseren Getränken.

Einer der Spielkameraden war Winzer und hatte einen eigenen Weinbaubetrieb. Er merkte, dass die Situation in diesem Lokal seinen Ruf abträglich werden ließ und machte den Vorschlag, dass es einen Ort gäbe, der erstens privat sei und zweitens wo man ungestört weiter spielen könne und wo es vor allem Wein kostenlos und im Überfluss gäbe: seinen Fasskeller unweit von hier.

Die Dreiergruppe und ich brauchten von dem Vorschlag gar nicht lange überzeugt zu werden, so dass das Bezahlen unserer Getränke so flott ablief, dass es der Wirt kaum fassen konnte, uns los zu sein und einen Tisch für bessere Gäste freizubekommen.

Wir zogen also um! Es waren nur wenige Schritte vom Wirtshaus zum Anwesen unseres Kartenspielkameraden. Der vordere Teil des Weinkellers war als Probier- und Verkostungsstube angelegt mit einem runden Tisch in der Mitte und Stühlen außenherum. Zum Fasskeller hin trennte ein kunstvoll geschmiedetes Gitter den Raum ab. Dahinter reihte sich Fass an Fass. Auf der linken Seite standen alte große Holzfässer mit etwa 1000 Liter Fassungsvermögen. An der anderen Seite befanden sich in übereinander liegenden Reihen 225-Liter-Fässer. Wie ich einmal gelesen habe, werden sie für die Rotweine aus französischer oder slowenischer Eiche herge- stellt. An einer Wand der Probierstube lagen Flaschen mit den verschiedensten Etiketten versehen und Gläser in den unterschiedlichsten Formen auf einem Bord.

Im Weinkeller servierte unser neuer Gastgeber Wein, Schinken, Käse und Brot.

„Damit wir eine Grundlage für den Wein haben," sagte er als er wieder zurück aus der Küche des Wohnhauses kam. Wir setzten mit dem Spiel fort, mit dem wir im Gasthaus geendet hatten. Doch bald wechselten wir einvernehmlich − schon wegen der Spannung − aufs Pokern über. Auch weil es um höhere Geldbeträge ging.

Wir verständigten uns auf das Spiel- und Wertesystem, denn es gibt die verschiedensten Variationen. Wir mach- ten ab, das Hold'em, wie dieses Pokerspiel genannt wurde, zu spielen, da es das weit verbreitetste war. Ein- mal hatte der eine einen Drilling, mal hatte der andere zwei Zwillinge. Ein Fullhouse mit einem Drilling und ei- nem Zwilling brachte schon erste Diskussionen, da einer Karten mit drei Königen und zwei Zehnern, der andere drei Asse und zwei Ober hatte. Klar war, es zählten die höchsten Karten. Also kassierte er die Einsätze. Zuerst wurde um Münzgeld gespielt. Dann war nur noch Silbergeld erlaubt und die Einsätze wurden immer höher. Es flatterten nur noch Scheine in die Tischmitte. Trotzdem zog sich das Spiel zäh dahin. Um mithalten zu können, musste ich mir Geld leihen, bald von dem einen, bald von dem anderen. Auf Kreditbasis, das war selbstverständlich!

Ich wurde, auch weil ich meistens der Verlierer war, großzügig unterstützt. Ich lieh mir Geld. Immer wieder, immer mehr.

Spannend wurde es, als mein Gegenüber, der Geschäftsmann — der Hausherr und der dritte Mitspieler waren schon ausgestiegen, seinen Vertreterkoffer öffnete und ein Bündel mit Banknoten daraus entnahm. Er setzte alles.

Ich ließ meinen Nachbarn, der Winzer, einen Blick auf meine Karten werfen. Der kniff die Lippen aufeinander und nickte mir zu. Er bat die Runde um etwas Geduld, um Geld zu holen. Er verschwand hinter seiner Theke um kam dann mit einer Handvoll Geldscheinen zurück. Warum hatte er so viel Geld hier in seiner Probierstube?

Der Geschäftsmann zählte zwanzig Tausender auf die Tischmitte, der Winzer zählte ebenfalls zwanzig Scheine ab und schob sie mir zu.

Er nickte und sagte: "Anschauen!"

Mit triumphierendem Grinsen blätterte der Geschäftsmann König, Ober, Unter, Zehner und die Neun auf den Tisch, eine Straße!

Ich legte nun Ass, König, Ober, Unter und meinen Zehner vor mich hin. Alles in Herz!

Der Geschäftsmann wurde erst fahl und blass im Gesicht und starrte auf beide Kartenreihen. Dann lief er dunkelrot an.

„Sauerei! Schnaps! Doppelten! Das gibt es doch nicht!"

„Doch", sagte der Winzer trocken.

Bereitwillig schenkte der Winzer rasch für alle einen Obstbrand aus. Der Geschäftsmann verlangte einen Zweiten. Langsam erholte er sich von seinem schweren Atmen und seine Gesichtsfarbe normalisierte sich

Letztlich stellten wir das Spielen ein. Ich hatte doch noch den Betrag von 23 000 Mark gewonnen und meine Spielpartner gaben auf. Bewusst ließ ich den Geldhaufen sichtbar in der Tischmitte liegen.

Wir legten schließlich die Karten zur Seite und gingen ausschließlich zum Wein über. Die Gläser wurden immer wieder gefüllt. Der Alkoholpegel erhöhte sich zusehends. Obwohl sich die Gesellen als trinkfest erwiesen, gaben zwei Kammeraden, darunter der Gastgeber, ermüdet auf. Er erklärte, dass er an diesem Wochenende allein zu Hause sei und wir durch nichts und niemanden gestört werden würden. Der Kamerad ließ die Kellertür unverschlossen und erlaubte uns verbliebenen zwei, so lange zu bleiben, wie wir wollten. Wir sollten nur die Türe zuziehen, so dass das Schloss einschnappte.

Ich war allein mit dem angesoffenen Kerl. Das Geld lag griffbereit auf dem Tisch. Der Kamerad konnte nicht mehr stehen, also bereitete ich ihm ein Lager neben unserem Tisch aus zwei Paletten und alten Decken. Nun saß ich daneben und langweilte mich. Vom Wein hatte ich mittlerweile auch genug und die Teller mit der Brotzeit waren leergegessen.

Als der Kerl bald fest eingeschlafen war, verzog ich mich aus dem Keller und suchte in der Nähe des Dorfplatzes mein Auto, das ich nach einigem Suchen auch fand und legte mich dort schlafen. Ich wachte auf, als die ersten Sonnenstrahlen in das Innere meines Autos schienen und Frühaufsteher neugierig an dem Auto mit dem fremden Kennzeichen vorbeigingen. Sie waren wohl auf dem Weg zur Kirche, deren Glocken mich ans Aufstehen mahnten.

Ihr könnt euch denken, welche Gedanken mir beim Aufwachen durch den Kopf schossen.

Die Gefahr des Erstickens in einer CO_2-Schicht am Kellerboden!

Oder hatte er vielleicht die vielen Schoppen Wein nicht vertragen?

Aber egal, da mir der Geldgewinn jetzt in den Sinn kam. War es ein Traum? Ich griff tastend nach den Geldscheinen, die am Fahrzeugboden verstreut lagen. Das erweckte meine Lebensgeister recht schnell. Meine Gedanken führten mich an den vergangenen Abend zurück.

Und? Wer hatte mich gesehen? Wer kannte meinen Namen und wer ich war?

Zügig lenkte ich meinen alten Peugeot auf die Autobahn in Richtung Saarbrücken und traf am Nachmittag in Nancy ein. Bei einem langjährigen Freund kam ich für ein paar Tage unter. Dann wurde ich in einem Varieté als Gitarrist verpflichtet, wo ich zwei Jahre blieb.«

»Außer Musik machen hast du nichts getrieben?

»Warum, was sollte ich deiner Meinung nach machen? Studieren? Das hat mich nicht interessiert. Ich wollte Gitarre spielen und Geld verdienen!«

»Das du dann gleich wieder verzockt hast?«, bemerkte Werner bissig.

»Das kann dir doch egal sein, was einer mit seinem Leben macht! Suum cuique!«, setzte Gerhard hinzu.

»Nach 1945 ist der Spruch aus dem deutschen Wortschatz zu streichen, auch wenn er auf die griechische Philosophie und das römische Rechtswesen zurückgeht«, merkte Alfred an.

»Ja, dieser Spruch wurde von den Nazis missbraucht und über dem Eingangstor eines Konzentrationslagers angebracht. Äußerst zynisch!«, sagte Ludwig.

»Lass doch jeden nach seiner Fasson glücklich werden. Dir redet doch auch keiner drein!«, meinte Claus.

»Doch meine Frau!«, widersprach scherzhaft Alfred.

Jeder lachte. Auch Alfred lachte laut mit. Damit war dieser Erzählbeitrag von Ludwig beendet.

»Ich denke, wir sollten nach draußen gehen und etwas frische Luft schöpfen. Das tut allen gut.«

»Übrigens, ich habe in einer Schublade Spielkarten gefunden!«, sagte Ludwig.

»Jetzt will wohl keiner mehr eine Runde Poker spielen!«

»Schon gar nicht wenn der Ludwig, dieses Poker-Ass, dabei ist!«

»Wollen wir nicht doch lieber zu einem kleinen Spaziergang nach draußen gehen?«, meinte einer aus der Gruppe.

»Ja, aber macht keine ausgedehnten ‚Bergtouren', die ihr nicht gewohnt seid.«, warnte Claus.

»Wenn wirklich alle mit dem Erzählen drankommen sollen, müssen wir uns ranhalten«, drängte Claus die Gruppe.

»Lasst doch einmal den Günni ran«, rief Werner.

»Gut. Dann erzähle auch ich eine Geschichte«, sagte Günni, der eigentlich Günther hieß, aber immer nur mit seinem Spitznamen angeredet wurde.

»Nachdem mein Onkel seinen Betrieb mit Autohandel und Reparaturwerkstatt aus Platzgründen an den Stadtrand verlegt hatte, besuchte ich ihn zusammen mit Freunden trotzdem weiterhin. Auch wenn der Weg zu ihm hinaus einige Kilometer betrug. Vor allem an Samstagen konnten wir uns um alte, ja teilweise schrottreife Autos kümmern. Mein Onkel hatte sich auf französische Autos spezialisiert. Seine Kundschaft von früher war genauso frankophil wie er und war ihm treugeblieben. Kein Wunder, dass auch ich alle Fahrzeuge dieser Marke kennengelernt habe.

Mein Großvater schenkte mir zum Abitur 500 Mark, damals schon noch etwas wert. Mein Onkel war Geschäftsmann und hatte nie etwas zu verschenken. Auch mir nicht. Daher musste ich für eine alte Dauphine mein Abitur-Geld hinblättern. Angestachelt von diesem Geschäft kaufte auch Siggi, mein Freund, einen R4.

Das weiträumige Grundstück meines Onkels grenzte an ein Kieswerk, das sich ebenfalls über eine große Fläche erstreckte. Wir entdeckten bei unseren samstäglichen Bastelarbeiten eine Durchfahrt zum Nachbargrundstück, die nicht durch einen Zaun gesichert worden war.

Da auch an Samstagen der Betrieb im Kieswerk ruhte, kamen wir auf den Gedanken, nicht nur an den stehenden Autos spachteln, schleifen, lackieren und herumzuschrauben, sondern die Autos auch einmal zu bewegen. Die Autos waren natürlich nicht zugelassen, aber eine Ausfahrt auf einem Privatgelände sollte niemand stören.

Im Fernsehen haben wir eine Sportveranstaltung gesehen in der aus Amerika ein Stock-Car-Rennen gezeigt wurde. So ähnlich wollten wir auch einen Wettbewerb austragen. Am Wochenende ruhte der Betrieb auf dem Gelände des Kieswerkes. Wir erkundeten den weitläufigen Platz, indem wir zu Fuß die Strecke, die in einem Kreis um das Brechwerk lief. Da auf dem Weg zu den Kieslagern auch große Lastkraftwagen verkehrten, fanden wir diesen für breit genug um auch Überholvorgänge durchführen zu können.

Wir vereinbarten für den folgenden Samstag ein Rennen durchzuführen. Die Schwester meines Freundes sollte an Start und Ziel unsere Helferin sein. Wir setzten das Rennen auf zehn Runden an.

Am Start begannen wir unseren Wettbewerb. Beim Anfahren spritzten die Steine vom rauen Boden hoch gengen den Unterboden der Fahrzeuge. Ich holte auf dem Anfang der Wegstrecke eine knappe Wagenlänge heraus. Dann drehte Siggi nach der folgenden Kurve mächtig auf und überholte mich auf der nächsten Geraden. Er war in den Kurven der geschicktere Fahrer und lag bald nach der Hälfte der Rennstrecke 150 Meter vor mir.

Dann geschah das Unvorhersehbare. Womit keiner gerechnet hatte und von dem wir vor dem Start des Rennens keine Anzeichen wahrgenommen hatten, trat ein.

Ein Arbeiter, stieß mit seinem großen Radlader, aus einer Bucht kommend, die von hohen Kiesbergen verdeckt wurde, rückwärts in unsere Fahrstrecke.

Mein Freund wollte reaktionsschnell dem Hindernis, das ihm plötzlich den Weg versperrte, ausweichen. Er riss das Steuer herum und sein R4 schoss auf einen Kiesberg zu. Durch die Geschwindigkeit schob sich sein Auto ungebremst noch die halbe Schräge des Berges hoch. Durch die Neigung des Berges kippte das Auto seitlich ab und überschlug sich und blieb am Fuß des Hügels auf dem Dach liegen.

Ich stoppte sofort, rannte auf das havarierte Auto meines Freundes zu. Doch ich konnte die Türe nicht öffnen. Mittlerweile kam auch der erschrockene Fahrer des Radladers herbeigeeilt. Gemeinsam schaukelten wir an dem R4 und brachten es wieder auf seine Räder. Nur mit einem Stemmeisen konnten wir die verklemmte Türe öffnen. Obwohl mein Freund vor Schmerzen schrie, zogen wir ihn aus seinem Fahrzeug. Es schien als habe er sich Brüche an Armen und Beinen zugezogen.

Über das Telefon im Büro des Kieswerkes, das unverschlossen war, riefen wir die Sanitäter, die meinen Freund auf eine Trage betteten.

Durch den Unfall verlor Siggi den Start ins Studium und ein Semester. Aber er war nach dieser Zeit bald wieder hergestellt. Er versteht etwas von Knochen, er ist Orthopäde. Autorennen sieht er sich nur noch im Fernsehen an.«

Alfred, der schwergewichtige Geschäftsmann dachte an die Zeit seiner beruflichen Anfänge zurück und erzählte:

»Als ich noch ein kleiner Angestellter war, noch nicht Teilhaber und Geschäftsführer der Firma, die ich heute vertrete, war ich wochentags auf vielen Straßen in halb Europa unterwegs, um meine verstreuten Kunden zu besuchen. Manche Strecken fahre ich gerne, andere wieder nicht. Aber letztlich ist es mir egal. Autobahn ist Autobahn. Straße ist Straße.

An einem besonders heißen Tag geriet ich in einen Stau, der sich plötzlich entwickelt hatte, warum, weiß kein Mensch. Als vorausschauender Vielfahrer bemerkte ich, dass der Verkehrsfluss schlagartig zum Erliegen kam, weil sich irgendein Ereignis weit voraus ereignet haben musste.

Die Fahrzeugschlange, in der ich mich befand, war auf der Standspur zum Stehen gekommen, der Stau hatte sich verfestigt. Gerade noch rechtzeitig hatte ich mein Auto nach rechts gelenkt, um wie die meisten anderen eine Rettungsgasse zu bilden. Das war damals für viele noch neu und den Begriff ‚Rettungsgasse‘ mit den heute bekannten Vorschriften gab es noch nicht. Weit vorne musste sich etwas Schwerwiegendes ereignet haben. Schließlich standen alle Fahrzeuge.

Die Geräusche, die sich von hinten näherten, versprachen nicht Gutes. Einsatzfahrzeuge kamen mit Martinshorn und Blaulicht durch die freie Spur nach vorne gefahren. Polizei, Notarzt, Feuerwehr. Die Türen der stehenden Fahrzeuge öffneten sich und die Fahrer und

Beifahrer kamen aus ihren Fahrzeugen, streckten die Hälse, um von dem Geschehnis etwas mitzubekommen. Aber dieses lag mehrere hundert Meter, vielleicht fast einen Kilometer zu weit entfernt. Eigentlich durfte keiner aussteigen. Aber wer hielt sich schon daran. Sie streckten sich, machten Lockerungsübungen, neben ihren Fahrzeugen, um sofort wieder die Motoren anzulassen zu können, wenn es weitergehen sollte. Aber es ging nicht weiter. Ich hatte immer noch genügend Zeit eingeplant, um pünktlich zu meinem nächsten Besuchstermin zu kommen. Ich blieb ruhig.

Türen öffneten sich, einige Fahrer und Beifahrer stiegen auf ihre Türholme, um weiter nach vorne schauen zu können, setzten sich aber enttäuscht wieder in ihr Fahrzeug zurück. Andere liefen ein Stück an der Fahrzeugschlange entlang zum vermeintlichen Stauanfang, kehrten aber schon bald wieder um, um mit den Händen abwinkend, die Aussichtslosigkeit ihres Versuchs anzuzeigen.

Die Einsatzfahrzeuge bewegten sich durch die schmale Rettungsgasse, die wie immer nur nachlässig gebildet worden war, an den Autoschlangen vorbei. Das konnte dauern.

Mancher nutzte die Gelegenheit, um gleich hinter den Büschen am Straßenrand die drückende Blase zu entleeren. Die Männer, es waren überwiegen nur Männer, rannten die Böschung hinauf, um dort die Büsche urinierend zu beglücken.

Ich entfernte mich etwas weiter von den enger zusammenstehenden Männern, die gleich hinter den ersten Büschen verschwunden waren. Wie ein Hund, der von einem Baum für sein Geschäft angezogen wurde, wählte auch ich ein stattliches Gewächs aus. Eine hochgewachsene Buche. Ich ließ einen Abstand zu dem ausgewählten Baum, so dass ich bis hinauf in die Blätterkrone blicken konnte, dass mir fast schwindlig wurde. Ich ermahnte mich, auf das eigentliche Hiersein zu konzentrieren und begann, nach dem ich meinen Reißverschluss an der Hose geöffnet hatte, mit meinem Glied links und rechts am Baum vorbeizielend, Urin mit einem starken Strahl in die Landschaft zu spritzen. Die zunehmende Erleichterung machte Spaß zugleich.

Eine junge Frau, die ich bisher nicht bemerkt hatte, hockte etwa zehn Meter entfernt hinter einem dichten Strauch und ich bemerkte sie erst, als sie sich aufrichtete, ihr Höschen wieder hochzog und ihr Kleid glattstreifte. Aber ich machte keine Anstalten mich zu beeilen, sondern entleerte meine Blase mit zufriedenem Lächeln, was scheinbar die Aufmerksamkeit der Frau erregte. Merkwürdigerweise entfernte sie sich nicht verschämt, wie ich es erwartet hätte. Sie blieb für einige Momente unbeweglich stehen. Ich ließ mich auch nicht durch ihr Näherkommen, das mich verwundert zu ihr hingucken ließ, stören. Als sie nur noch bis auf wenige Schritte neben mir stand, bemerkte ich das schon fortgeschrittene Alter der Frau, die ich aus größerer Entfernung jünger geschätzt hatte.

„Männer haben immer ein Ziel vor Augen, sogar beim Pinkeln", meinte sie anzüglich. „Welche Freude so ein Verkehrstau auch bereiten kann, wenn man einmal auf einen jungen Mann trifft", sagte sie. „Nicht immer diese alten Säcke!"

„Wollen Sie mir vielleicht ein Angebot machen", gab ich frech zurück.

„Ja, wenn du zufällig den passenden Schein in der Tasche hast, Baby", meinte sie frivol.

„Ich glaube, ich habe meine Geldbörse im Auto", log ich, obgleich ich nie meine Geldbörse einfach im Auto liegen lasse. Das hat mich einmal einige hundert Mark Lehrgeld gekostet. Der Dieb hatte seine Chance schamlos ausgenutzt. Das war mir eine Lehre ein für alle mal.

„Umsonst gibt es leider nichts!.""

„Es bleibt auch nicht viel Zeit, so ein Stau stresst".

„Hätte ja sein können!", sagte sie und wandte sich enttäuscht ab.

Einsetzendes Hupen und die Geräusche von angelassenen Motoren, die zu mir den Hang heraufdrangen, waren das Zeichen eiligst zu meinem Fahrzeug zurückzukehren. Mit einem kurzen Spurt erreichte ich mein Fahrzeug, als die Fahrer einiger weiter hinten abgestellten Autos schon zu hupen begannen. Ich schloss mich umgehend dem vor mir startenden Fahrzeug an, folgte gerade noch rechtzeitig dem vorausfahrenden Fahrzeug. Von der Frau sah ich auch im Rückspiegel nichts mehr. Langsam zog sich die zum Stillstand gekommene Schlange auseinander.

Ich passierte die Unfallstelle, wo der Stau entstanden sein musste, die jedoch keinen Aufschluss über das Geschehen gab. Bergungsfahrzeuge luden verbeulte Pkws zum Abtransport auf.

Am nächsten Tag auf der Rückfahrt kaufte ich in der Gegend, in der ich in den Stau geraten war, eine regionale Zeitung an einer Raststätte, wo ich mir auch einen Becher Kaffee gönnte. Mit einer inneren Unruhe und einer fremdartigen Neugier blätterte ich in der Zeitung und überflog die Überschriften. Darin stieß ich auf die Schlagzeile:

Leichenfund an der A9

Junge Frau aufgefunden. Vier Motorradfahrer festgenommen. Sie bestritten anfangs jede Tatbeteiligung und gingen später dazu über, sich gegenseitig zu beschuldigen. Alle vier wurden von der Polizei in Haft genommen.

Ganz in der Nähe, wo vor wenigen Tagen ein Mammut-Stau den Verkehrsfluss für über eine halbe Stunde zum Stillstand gebracht hatte, entdeckte ein Lkw-Fahrer im Gebüsch die Leiche einer Frau mittleren Alters, die vermutlich einer Vergewaltigung mit anschließender tödlicher Einwirkung auf den Hals zum Opfer gefallen war. Die Polizei ....

»Ich las nicht weiter, faltete das Papier zusammen und warf es in einen Papierkorb. Geht mich, Gott Lob, also direkt nichts an, redete ich mir ein.«
Ich setzte meine Fahrt mit einem einigermaßen beruhigten Gewissen fort, kontrollierte vor dem Verlassen der Raststätte die Einträge in meinem Terminkalender und

merkte mir den Weg zu meinem nächsten Ziel in der nahegelegenen Kleinstadt und verscheuchte aufkeimende Gedanken.«

»Hier sieht man, wie leicht man in die Mühlen der Justiz geraten kann«, sagte Ludwig und warf Gerhard einen abschätzigen Blick zu.

»Was wäre gewesen wenn der Stau sich nicht rechtzeitig aufgelöst hätte«, provozierte Gerhard mit einem gewissen Hintergedanken den Erzähler.

»Das hätte auch schief gehen können«, meinte Helmut.

»Du hattest verdammtes Glück, dass die Tat rasch aufgeklärt und nicht dir in die Schuhe geschoben wurde.«

»Walter, jetzt beginnst du mit deiner Geschichte«, bestimmte Claus und trieb die Erzählrunde voran.

»Schon als kleiner Junge war ich vom Zirkus begeistert. Wenn immer ein Zirkus in der Stadt gastierte, was jährlich einmal stattfand, besuchte ich mit meinen Eltern eine Vorstellung. Später ging ich alleine los und kaufte mir eine Karte mit einer guten Sicht auf die Manege. Es gab Zeiten, in denen ich mir eine Vorstellung zweimal ansah. In der halbstündigen Pause der Vorstellung machte ich mich auf, die Tierschau zu besuchen. Einmal tat es dem Rücken gut, sich nach einer Stunde wieder erheben zu können, andererseits verging die Zeit bis zum zweiten Teil schneller und ich musste nicht in der Kälte eines Februarnachmittags im Freien herumstehen.

Da ich jeweils bei zwei Vorstellungen immer auf dem gleichen Platz saß, wurde eine junge Künstlerin auf mich aufmerksam. Sie war eine super Sportlerin am Trapez. Die Vorführung ihrer Übungen war atemberaubend. Sie glitt vom Kniehang mit gespreizten Beinen in den Fersenhang, so dass die Zuschauer erregt aufschrien. Und das ohne Sicherung in zwölf Meter Höhe. Nur das in zwei Meter über den Boden gespannte Netz täuschte Sicherheit vor, aber die Augen in der Arena waren nach oben gerichtet.

Wenn sie sich nach ihrer bravurösen Darbietung in der Manege von den applaudierenden Zuschauern bewundern ließ, trat sie bei ihrer Runde bis an den Rand der Manege vor. Mir kam es so vor, als verharre sie immer etwas länger vor meiner Sitzposition, als in den anderen Teilen des Runds. Auch ihr Lächeln und ihr Zwinkern waren nicht mehr zu übersehen. Es wurde mit den Vorstellungen in den folgenden Monaten immer deutlicher.

Irgendwann wollte ich es wissen. Ich schlängelte mich außen am Rand des großen Zelts entlang, bis zum Eingang der Manege. Dort verharrte ich regungs- und wortlos, bis die Artistin an mir vorüberhuschte. Als sie mich bemerkte, hielt sie inne und kehrte sich zu mir um.
Sie flüsterte mir zu: „In 15 Minuten hinter dem Kassenhäuschen." Dann verschwand sie fröhlich über den Innenbereich des Zirkus hüpfend.
„Sie fallen mir schon einige Monate auf. Wer sind Sie?", fragte sie, als sie fast unvermittelt neben mir auftauchte.
„Ich bin ein Bewunderer ihrer artistischen Kunst. Ich bin ein Fan von Ihnen."
„Fans wie Sie sind selten, besonders im Zirkus!"
„Aber nennen Sie mich Walter!", bot ich an.
„Gut, Walter, ich heiße Evelyn. Was ich mache, sahen Sie ja gerade."
„Ihre Darbietung ist atemberaubend!"
„Kann sein. Aber sie erfordert permanentes und intensives Training."
„Dürfte ich Sie einmal zum Abendessen einladen?"
„Eigentlich sehr gerne, aber ich trete nachmittags und abends auf. Da bleibt kaum Zeit für ein Essen. Aber vielleicht möchten Sie mich in meinem Wohnwagen besuchen?"
„Jederzeit gerne, wenn Sie mir den Tag und die Stunde nennen."
„Morgen um zehn Uhr?"
„Leben Sie dort alleine?"

„Nein, der Wohnwagen ist für meinen Vater und mich. Den haben Sie sicher schon gesehen. Er trägt immer einen eleganten Frack. Meine Mutter hat uns verlassen. Sie hatte das Zirkusleben satt."

„Das tut mir Leid."

„Aber keine Sorge, morgen da bin ich alleine. Mein Vater ist da schon wegen eines neuen Aufstellorts im Auftrag des Zirkusdirektors unterwegs. Er kommt erst gegen ein Uhr zurück. Nur, das sollten Sie wissen, mein Vater achtet genau darauf, welchen Umgang ich habe. Er ist bemüht, alle Männer von mir fernzuhalten."

An diesem Mittag begannen wir uns zu duzen. Wir merkten die Übereinstimmung unserer Gefühle. Dass wir uns ineinander verliebten, war die konsequente Folge.

Irgendjemand musste seine Beobachtung an den Vater Evelyns weitergegeben haben. Wie ich später erfuhr, wollte er uns belauschen.

Er wählte sich dazu das Zelt aus, in dem die Pferde untergebracht waren und in dem wir uns immer trafen. Im Zelt war die erste Box leer, das heißt dort lagerten Heu und Stroh. In der Box daneben stand der schwarze Hengst ‚Toledo', mit dem ein Cowboy-Reiter seine Kunststücke vormachte. Das Pferd war ein sehr nervöses Tier und leicht reizbar.

Zum vereinbarten Treffen mit Evelyn schlich ich mich in das Pferde-zelt. Das Pferd war unruhig, da, wohl wie ich später schloss, sich noch eine Person im hintersten Teil der Box hinter den dort gelagerten Heuballen versteckt hielt. Aufgeregt ging ich die Reihe vor den Pferdeboxen auf und ab. Die Zeit des vereinbarten Treffens war längst überschritten. Als ich ein Geräusch hörte, das aus der Box des Hengstes kam, leuchtete ich mit meiner Stabtaschenlampe in die Box. In einem Schwenk mit der Lampe traf ich ohne Absicht auf den Kopf und auch in ein Auge des Tieres. Es bewegte sich erschreckt seitwärts und vorwärts. Ich hörte einen dumpfen Schlag, einen erstickten Schrei und ein kurzes, leises Wimmern. Dann war Stille. Das Pferd hörte ich unregelmäßig stampfen.

Ich verließ durch eine seitliche Lücke das Zelt und eilte dem Kassenhäuschen zu, ohne dass ich jemand begegnete. Dort standen einige Besucher herum, an denen ich mich ohne aufzufallen vorbeischlich. An der Umzäunung der Zirkusanlage eilte ich zum Wohnwagen von Evelyn. Schließlich muss sie mein halblautes Rufen gehört haben. Sie kam vorsichtig heraus und berichtete mir, dass ihr Vater ihr verboten hatte, den Wohnwagen zu verlassen. Er würde in wenigen Momenten wieder zurückkehren. Es wäre besser, wenn wir uns morgen erst wieder treffen könnten.

Kaum hatte ich das Zirkusgelände verlassen, hörte man Jim, den Cowboy, herumbrüllen. Er stürmte zum Zelt mit den Pferden: „Wer hat meinen 'Toledo' aufgestachelt und verrückt gemacht?"

Ein Clown, der ihm entgegenkam, berichtete ihm mit einem angespannten, verzerrten Gesichtsausdruck, von dem tödlichen Unfall, der sich in der Pferdebox ereignet hatte. Ich wollte schnellstens aus dem Zentrum des Unglücksorts verschwinden und verdrückte mich nach draußen.

Der nächste Vormittag verlief furchtbar zäh und langsam. Evelyn kam an den Zaun der Zirkusabgrenzung und berichtete mir von dem schrecklichen Unfall in der Pferdebox, bei dem ihr Vater vom Hengst erdrückt worden war. Evelyn war mit den Nerven herunter und konnte nicht auftreten. Es fehlte ihr jede Sicherheit am Trapez, die sie auch nach Wochen nicht wieder erlangte.

Kurze Zeit später zog ich mit Evelyn in meine Wohnung im Süden der Stadt. Das Thema Zirkus war für uns endgültig zu Ende. Da ich eine große Fläche im Norden der Stadt noch aus meines Großvaters Zeiten besaß, die nun für eine Bebauung vorgesehen war, verkaufte ich einen Teil davon mit gutem Gewinn. Ich konnte das Geld in die Tanz- und Gymnastik-Schule von Evelyn investieren. Ich selbst eröffnete eine Consulting-Firma, in der ich nicht nur mein Geld, sondern auch das Geld von anderen Investoren anlegte und heute noch verwalte. Evelyn arbeitet nur zum Spaß und auch ich kann mich in meinem Bereich ohne ernsthafte Sorgen behaupten. So hatte ich mein Zirkusabenteuer noch zu einem guten Ende gebracht. Übrigens, wenn ihr Geld zum Anlegen habt, bitte, dann meldet euch bei mir«, schloss Walter seine Geschichte.
»Schaut euch bloß den Geschäftsmann an, der kann auch heute nicht abschalten und denkt nur an Geld. An unser Geld!«, sagte Ludwig mit einer gewissen Ironie.

Werner wollte seine Geschichte auch noch vor dem Essen anbringen.

»Ich denke, Ihr könnte euch alle noch gut erinnern, dass ich schon immer vom Theater und Theaterspielen begeistert war. Daher habe ich mich noch zu Schulzeiten der Theatergruppe im Gymnasium angeschlossen. Wir spielten kleine, oft lustige Stücke. Vielleicht erinnert ihr euch noch an unser Stück zum Abschluss der Schulzeit. Es war die ‚Rüpel-Szene' aus Shakespeares ‚Sommernachstraum'.
Ich könnte mich heute noch vor Lachen kugeln.
Der Prolog, den ich übernehmen durfte, wurde in einem großen Abfallkübel von zwei Mitschülern in die Mitte der Bühne mehr gezerrt als getragen, leitete die Szene ein:

Der Mann ist Pyramus, wofern ihr es wollt wissen;
  Und dieses Fräulein schön ist Thispe, glaubt es mir.
Der Mann mit Mörtel hier und Lehmen soll bedeuten
  Die Wand, die garst'ge Wand, die ihre Lieb tat scheinden.
Doch freut es sie, drob auch sich niemand wundern
  soll,
  wenn durch die Spalte klein sie können flüstern wohl.
Der Mann da mit Latern und Hund und Busch von
  Dorn
Den Mondschein präsentiert; denn, wann ihr's wollt
  Erwägen:
Bei Mondschein hatten die Verliebten sich verschwor-
  ren,
  Zu gehen nach Ninis (Nixels) Grab, um dort der Lieb

zu pflegen.
Dies grässlich wilde Tier, mit Namen Löwe groß,
Die treue Thispe, die des Nachts zuerst gekommen,
Tät scheuchen, ja vielmehr erschrecken, dass sie bloß
 Den Mantel fallen ließ und darauf die Flucht
 genommen.
Darauf dieser schnöde Löw in seinen Rachen nahm
Und ließ mit Blut befleckt den Mantel lobesam.
Sofort kommt Pyramus, ein Jüngling weiß und rot,
Und find't den Mantel von seiner Thispe tot;
Worauf er mit dem Deg'n, mit blutig bösem Degen,
Die blut'ge heiße Brust sich tapferlich durchstach
Und Thispe, die indes im Maulbeerschatten g'legen,
Zog seinen Dolch heraus und sich das Herz zerbrach.
Was noch zu sagen ist, das wird, glaubt mir fürwahr!
Euch Mondschein, Wand und Löw und das verliebte
 Paar
Der Läng und Breite nach, solang sie hier verweilen,
Erzählen, wenn ihr wollt, in wohlgereimten Zeilen.«

Werner hatte sich in Erinnerung an seine Rolle so hineingesteigert, dass er förmlich übersprühte. Er übernahm in seinem Überschwang auch die Rolle der Thispe:
»Und du o Wand...«, wollte er fortsetzen.
»Hör bloß damit auf! Wir waren ja alle auf der Bühne oder im Zuschauerraum mit dabei«, stoppte ihn einer der Zuhörer.
»Erinnert euch: Unser Klassenkamerad Chico musste eine Mauer spielen und das Paar „Thisbe" und „Pyramus" musste sich durch eine Mauerritze — seine ge-

spreizten Finger — besprechen. Wir hatten bei den Proben einen Heidenspaß. Unsere Deutschlehrerin, Frau Lösch, war von unserer Unbeholfenheit so genervt, dass sie dem Karlheinz die Regieaufgabe übertrug und uns in der Aula alleine werkeln und proben ließ.

Die Aufführung wurde zu einem großen Erfolg, jedenfalls ein Lacherfolg.«

»Wo ist Chico abgeblieben?«, wollte einer wissen.

»Das ist leider traurig. Er ist vor einigen Jahren gestorben. Ohrspeicheldrüsenkrebs! Zu 80% harmlos, aber es gibt leider noch 20%!«, sagte Helmut.

»Medizin hast du doch gar nicht studiert!«, spottete Gerhard.

Die Zuhörer schwiegen für einen Moment betroffen und keiner ging auf diese Zwischenbemerkung ein.

»Nach dem Abitur ging ich an eine Schauspielschule. Da gab es eine Unzahl von Bewerbern, die erst einmal zum Studium zugelassen werden wollten. Natürlich war ich bei den Verlierern, bei den Abgewiesenen. Einfach nicht begabt genug, wie man mir eiskalt mitteilte.

Aber meine Geschichte, die ich euch erzählen möchte kommt erst noch:

Ich schloss mich bald der einen, bald einer anderen Truppe an, ohne wirklich ein festes Arrangement zu bekommen.

Die Geschichte, die ich euch gleich erzählen möchte, ist schon lange her. Damals war ich nicht einmal als Schauspieler in das Stück eingebunden, ich war nur eine Hilfskraft des Inspizienten, der die Kleider und Gegenstände, die zum Einsatz kamen, herrichten musste. An einem Abend wurde der Bajazzo gegeben. Wie ihr sicher alle wisst, kommt es am Ende des zweiaktigen Stückes zu einer Eifersuchtshandlung des Canio, in der er Silvio ersticht. Eigentlich sollte in der Garderobe ein Theatermesser bereitliegen, das einem echten Messer täuschend ähnlich ist. Leider achtete ich beim Entnehmen des Messers nicht auf seine Beschaffenheit und probierte es auch nicht aus, ob sich die Klinge versenken ließ. In der Schlussszene kommt es zu der fatalen Handlung. Nedda, die von Canio mit dem Messer, das die Klinge noch nicht ausgefahren hat, attackiert wird, schauspielert den Angriff von Canio so gut, dass das Publikum ihr den Messerstich wirklich abnimmt. Dann wendet sich der rasende Canio dem rivalisierenden Silvio zu und sticht zu. Die ausgestopfte Kleidung des Canio machte ihn etwas unbeholfen in seiner Beweglichkeit. Zum Glück glitt das Messer an einer Rippe seitlich ab, so dass Silvio einem tödlichen Stich entging. Schon fällt der Vorhang: ‚La commedia è finita!'

Hinter dem Vorhang, der trotz des Beifalls des Publikums nicht mehr geöffnet wurde, begann ein Tumult. Ich bekam von Silvio einen harten Faustschlag ins Gesicht, der mich in eine Ecke schleuderte. Der Theaterdirektor, der auf meine schwache Entschuldigung gar nicht einging, wünschte mich zum Teufel. Innerhalb weniger Minuten hatte ich das Theater fluchtartig verlassen, noch bevor ein Krankenwagen vor dem Theater hielt.

Bis heute geht mir der Fauxpas noch nach und mein ruinierter Ruf eilt mir voraus und vermasselt mir bessere

Angebote, wo immer ich anfragte, die ich gerne angenommen hätte«.

»Aber du bist deiner Leidenschaft treu geblieben?«, wollte Armin wissen.
»Wenn man nichts Besseres gelernt hat, und wenn man
mit Leidenschaft dabei ist!«

Es wurden noch viele Beiträge zum Theaterleben und zu
Theaterstücken in das Gespräch eingebracht.

Das Abendessen, das nun folgte, war für die ganze
Gruppe ein kulinarisches Highlight. Signor Tardelli
brachte Saltimbocca alla romana mit Reis oder wahlwei-
se mit Pasta auf den Tisch, dazu gab es noch Salat. Als
Signor Tardelli als Dessert eine Bayerische Creme als
zusätzliche Ergänzung servierte, waren alle zufrieden
und freudig gestimmt.

Nach dem Abendessen sollte die Gesprächsrunde rasch eine Fortsetzung finden, denn es standen noch einige Erzählungen aus.

Albert sprach Claus direkt an: »Du bist doch nach deinem Studium der Kunstgeschichte bei einem Betrieb eingestiegen, dessen Inhaber schon ein älterer Restaurator war. Das hast du mir, als wir uns einmal zufällig getroffen haben, erzählt. Da gibt es doch sicher einige interessante Geschichten.«

Claus nickte, lächelte und erzählte:

»Ja. Du hast Recht. Ich hatte verdammtes Glück ohne eine Wartezeit in einen guten, alteingeführten Betrieb zu kommen.
Meine Aufgabe war es als Berufsanfänger die Waren, das waren in erster Linie gerahmte Gemälde, aber auch Kleinplastiken von Staub freizuhalten und dekorativ zur Schau zu stellen. Beratungen von Kunden waren ausschließlich dem Inhaber vorbehalten. Später durfte ich als Zuhörer mit einem gewissen Abstand an den Gesprächen teilnehmen.
Eines Tages kam ein alter Mann in unser Geschäft und schleppte ein gerahmtes, großes Bild in den Laden. Mein Chef, wir waren sonst immer zu zweit, musste sich außer Haus in einem nahen Museum um andere Aufträge kümmern.
Der Mann schlug die gut schützende Verpackung auf und meinte: "Es ist für mich sehr wertvoll, auch wenn es

auf den ersten Blick nicht den Eindruck macht! Das Bild ist von meinem Onkel, der Kunstmaler war."

Ich drehte das Bild zu mir, um es einmal grob in Augenschein nehmen zu können.

Das Bild hatte mit einer Länge von 120 Zentimetern und einer Höhe von 60 Zentimetern nicht gerade gängige Maße.

Es zeigte eine antike Kunstlandschaft auf der linken Hälfte und eine Verkündigung des Engels an Maria auf der rechten Hälfte.

„Wie Sie sehen, hat das Bild Verschmutzungen, die müssen entfernt werden. Es hing lange Zeit in einem Zimmer, in dem stark geraucht wurde", brachte der Kunde vor.

„Ja, ich sehe, da ist eine dicke Nikotinschicht drauf. Wenn ich die entferne, bekommt es wieder einen frischen Ausdruck."

„Wann kann ich das Bild wieder abholen?"

„Wenn die Verschmutzungen leicht zu entfernen sind in einer Woche!"

„Aber gehen Sie vorsichtig mit dem Bild um, es bedeutet mir sehr viel.!"

„Wir gehen mit allen Kunstgegenständen vorsichtig um. Und das schon seit 90 Jahren!", erwiderte ich altklug.

Der Kunde runzelte misstrauisch ob meiner Jugendlichkeit die Stirn. Er hinterließ noch seinen Namen und seine Adresse und verließ den Laden. Ich heftete den Zettel auf die Rückseite des Gemäldes und ließ das Bild noch vorrübergehend auf der Ladentheke liegen und begab mich in den rückwärtigen Raum.

Ein neuer Kunde betrat unser Geschäft und sah sich zögerlich im Laden um. Als ich die Glocke hörte, kam ich wieder aus dem Nebenraum hervor.

„Da haben Sie aber ein interessantes Bild!" Er deutete auf das noch auf dem Tisch liegende Gemälde.

„Aber etwas stört mich noch daran, wenn es erlaubt ist, etwas dazu anzumerken. Wenn es mir gehörte, würde ich es teilen. Perfekt vom Thema und der Raumaufteilung ist nur die rechte Hälfte."

„Das ist eine Ansichtssache!", bemerkte ich etwas schnoddrig.

„Wie schätzen Sie denn das Bild preislich ein?", fragte ich und wollte meine voreilige Äußerung abschwächen, die ich schon bereut hatte.

„Die linke Hälfte, sagen wir 30 Mark, die rechte Hälfte 600 Mark".

Ich war erstaunt, welchen Unterschied der Kunde zwischen den beiden Bildhälften machte.

„Ich werde den Besitzer fragen, wie hoch seine Preisvorstellung ist. Im Augenblick ist das Bild nicht verkäuflich! Es ist nur zur Reinigung hier."

„Vielleicht könnten Sie einmal beim Besitzer nachfragen? Ich würde die rechte Hälfte sofort kaufen."

Nach einer Woche wollte der Besitzer sein Bild abholen.

„Es tut mir Leid, aber mir ist ein schweres Missgeschick passiert. Es ist mir ein Lösungsmittel über eine Bildhälfte geflossen."

Der Besitzer war außer sich!

„Was wollen Sie für das ganze Bild, wenn ich es Ihnen abkaufe?"

„Ich wollte es nicht verkaufen, aber jetzt ist es hin. Zerstört! Für mich hat es nicht mehr den ursprünglichen Wert."

Der Mann war nicht zu beruhigen. Sein Kopf schwoll rot an. Er bekam Atemnot.

„Ich zahle Ihnen einen angemessenen Preis."

„Ich bin nicht zu einem Kauf bereit", schnaufte er und verließ wutentbrannt den Laden.

Am nächsten Tag kam seine elegant gekleidete Frau in den Laden.

„Was haben Sie da angerichtet. Mein Mann war gestern total aufgeregt. Ich musste schließlich die Rettung rufen. Er liegt seit heute Morgen mit einem Herzinfarkt im Krankenhaus«, sagte sie spitz und vorwurfsvoll.

„Oh, das tut mir Leid. Aber das konnte ich nicht ahnen, dass ihm das Bild so wichtig ist! Ich hoffe, er kommt wieder auf die Beine! Jetzt wollen Sie sicher wieder das Bild zurück? Aber es ist leider beschädigt."

„Eigentlich nicht. Ich will eine Entschädigung. Ich will schon Geld sehen und zwar einen angemessenen Betrag. Mein Mann wird auf eine Reha müssen, wenn er aus dem Krankenhaus kommt. Das Bild ist im Moment nachrangig. Er hat auch jede gute Erinnerung daran verloren."

Ich bot ihr 200 Mark an.

„Es sollte schon mehr sein", sagte sie auf dieses Angebot hin.

„Also gut. 300 Mark. Mehr kann ich Ihnen wirklich nicht dafür geben."

„Es tut mir Leid, für alles was geschehen ist", sagte ich.

„Ja, Ist schon gut. Aber ich habe jetzt andere Sorgen",
sagte sie, nach dem sie das angebotene Geld einge-
steckt hatte und verließ grußlos den Laden.

Noch am gleichen Tag teilte ich das Bild, spannte den
rechten Teil der Leinwand auf einen neuen Keilrahmen
und rahmte es passend ein. Nun hatte es eine ansehn-
lich Größe von 40 mal 60 Zentimeter. Eine vorzügliche,
harmonische Verkündigung war entstanden.
Die Szene spielt in einem Garten, der im Mittelgrund mit
einer niederen Mauer begrenzt ist, die kurz unterbrochen
ist, um einen Weg anzudeuten, der sich danach in den
Bildmittelgrund zieht und der sich auf einen mit mediter-
ranen Bäumen bepflanzten Park hin öffnet. Im Hintergrund erstreckt sich eine weite Küstenlandschaft mit
einer Hafenstadt, hinter der sich ein steiler Felsenhang
erhebt. Dieser Hintergrund ist in einem dunstigen sfu-
mato ausgeführt.
Die Jungfrau Maria sitzt vor ihrem Haus auf einer
schmalen Terrasse an einen Lesepult und hält mit ihrer
rechten Hand die Stelle fest, an der sie beim Lesen unterbrochen wurde. Durch das Erscheinen des Engels
Gabriel hat sie in dem Moment der Erscheinung ihre
Linke wie zur Abwehr auf Schulterhöhe erhoben. Ihre
Sitzgelegenheit ist durch ihr blaues Übergewand völlig
verdeckt. Über der Hüfte trägt sie ein gegürtetes, boden-
langes, hellrotes Obergewand, über das ihre brünetten,
langen Haare herabfallen.
Vor der Maria steht auf der Wiese ein auffälliges Tischchen mit Löwentatzen als Füßen, das arabeske Verzie-
rungen aufweist und aus einem antiken Relikt entnom-

men scheint. Auf der aufgelegten Marmorplatte steht auf einem Deckchen ein rundes, bauchiges Gefäß.

Der Engel kniet auf der linken Seite des Bildes auf einer mit Blumen übersäten Wiese und hält eine Lilie in seiner Linken. Er blickt Maria konzentriert an und hebt die rechte Hand zur segnenden Geste. Hinter Maria steht die Tür offen und man kann einen Blick in das Haus werfen. Zu sehen ist ein Bett, welches im Dunkeln steht. Maria und der Engel haben einen Nimbus über ihren Häuptern.

Das Thema des Bildes ist nach dem Evangelium des Lukas im Neuen Testament gestaltet.

Nach meinem Dafürhalten hat sich der Maler an einem Bild Leonardos da Vinci orientiert. Jedenfalls erinnert es mich an ein Bild in den Uffizien!

Dem Kunden, der tags darauf nochmals interessiert nach dem Bild fragte, verkaufte ich es für 800 Mark. Gewissensbisse hatte ich keine, eher eine Bestätigung für meinen Kunstverstand und mein kaufmännisches Geschick. Mein Chef hat von alledem nichts erfahren. Jahre später habe ich die Firma übernommen und wer von euch immer einen kunsthistorischen Rat oder eine Empfehlung braucht, das Geschäft befindet sich immer noch in der Maximilianstraße. Ihr seid zu jeder Zeit herzlich willkommen.«

Mit einem souveränen Lächeln beendete Claus seinen Beitrag.

»Ich glaube jetzt ist Georg mit dem Erzählen dran. Ich bin schon gespannt«, sagte Claus.

In den Semesterferien jobbte ich in den verschiedensten Bereichen, denn ich brauchte Geld.

Bevor ich zur Fortsetzung meines Physikstudiums (Halbleiter-Technik) nach Boston ging, arbeitete ich einmal für kurze Zeit auf einem Schrottplatz. Der Betreiber der Anlage war kriegsversehrt und war mit seinem lädierten Bein eingeschränkt. Er beschäftigte immer wieder unterschiedliche Hilfskräfte. Es war ein relativ großer Schrottplatz, der auch alte Autos annahm, die in einer hydraulischen Presse zu Würfeln zusammengepresst wurden und regelmäßig von Firmen besucht wurde, die diese Würfel zum Einschmelzen abholten.

Es waren meine letzten Tage vor meiner Abreise nach Amerika und ich ließ den Arbeitstag schon ausklingen, da sich auch ein plötzliches Gewitter mit starkem Wind, der die Blätter von den Bäumen riss, näherte. Der Himmel verdunkelte sich rasch, obwohl es erst später Nachmittag war. Mit Menschen, die bei diesem Wetter und zu dieser Zeit zu einem Schrottplatz kamen, war kaum zu rechnen.

Doch ein alter VW Käfer fuhr in die Einfahrt und hielt, da ich gerade über den Hof ging, vor mir an. Der Wind war zu einem Sturm angewachsen und die ersten schweren Regentropfen fielen. Die Frau am Steuer ließ die Seitenscheibe herunter – aussteigen wollte sie anscheinend nicht – und erklärte mir, dass sie allerhand Gerümpel, das sich im Kofferraum befand, noch heute loswerden wollte. Ich bedeutete ihr, sie solle ein Stück weiter in den

Schrottplatz hineinfahren und vor einem Container, den ich ihr zeigen werde, anhalten, damit ich mir das anschauen konnte, was sie herbeigeschafft hatte.

Gerade als sie vor dem Container angehalten hatte, prasselte harter Regen auf das Autodach, der mir laut tönend die Stärke und die Menge des Regens deutlich machte, das an ein Sortieren des Gerümpels jetzt nicht zu denken war. Statt der Kofferraumklappe öffnete sie die Türe auf der Beifahrerseite des Käfers. Sie bedeutete mit einem Wink, dass ich dort Platz nehmen sollte, bis der Sturm vorüber wäre.

Regen und Sturm wurden nicht schwächer, das Unwetter hielt über längere Zeit an. Die plötzlich hereinbrechende Dunkelheit verbot uns das Aussteigen, sonst wäre ich in kurzer Zeit total durchnässt gewesen. Die Frau erzählte mir von allem, was sie für den Schrottplatz zusammengestellt hatte. Ich sagte, ich sei nur eine Aushilfe und arbeite nur vorübergehend hier. Wir unterhielten uns über Gerümpel und die Arbeit auf einem Schrottplatz. Unser Gespräch war so anregend, dass die Scheiben anliefen un kaum ein Blick nach draußen möglich war. Plötzlich riss der Betreiber des Schrottplatzes die Seitentüre auf und brüllte, ich solle gefälligst meiner Arbeit nachgehen und meine Zeit nicht vertun, in dem ich mich zum Quatschen in ein Auto setze. Er sagte mir, ich solle im Büro auf ihn warten. Außerdem hätte er für morgen und die nächst Zeit ohnehin eine Hilfskraft eingestellt, da ich anscheinend schon geistig in Amerika wäre.

Also verließ ich das Auto und rannt zu der Hütte, um nur wenig von dem Regen abzukriegen. Ich öffnete die Türe mit der Aufschrift „Büro" und ließ mich auf einen Stuhl in der Ecke nieder. Es dauerte eine kleine Weile, bis Herr Salvermoser in die Hütte kam. Er entnahm seiner Geldbörse einen 20-Mar-Schein und wünschte mir eine schöne Zeit in Amerika.

Etwas irritiert von dem schnellen Abschied, warf ich noch einen Blick über den Schrottplatz, den ich hinter mir ließ. Dort bemerkte ich neben der Hydraulikpresse einige Schrottwürfel.

Am nächsten Tag wollte ich nochmals den Betreiber des Schrottplatzes sprechen, denn ich hatte in der Eile vergessen, meinen Schlüssel für das Hoftor abzugeben. Doch ich fand das Tor versperrt, an dem eine Notiz angebracht war: „Wegen Krankheit vorübergehend geschlossen." Folglich warf ich den Schlüssel in den Briefkasten und war sicher, dass Salvermoser ihn auch finden würde. Mein Blick fiel noch auf die Schrottwürfel, die im Hof standen. Mein Eindruck war, dass ein Würfel mehr dort stand, als ich die Situation vom Vortag mir ins Gedächtnis rief.

Nach sechs Jahren in Boston kehrte ich mit einem amerikanischen Diplom nach Deutschland zurück. Einige Wochen nach meiner Rückkunft, trieb mich die bloße Neugier am Schrottplatz vorbei. Die Hütte stand noch und der Hof sah nahezu aus wie früher. Nur neben der Hofeinfahrt war ein großes Schild aufgestellt:
„M. Demirovicč, Ankauf von Metallschrott"
Ein bärtiger Mann trat aus der Hütte und kam auf mich zu.

„Wolle was bringe?"

„Ich möchte nur fragen, ob es die alte Presse für Autos noch gibt."

„Habe du alte Auto?"

„Nein, ich habe kein Auto zum Verschrotten."

Irgendetwas hielt mich davon ab, weiter als bis zum Hoftor zu gehen, wo ich stehen blieb.

„Kein Presse mehr. Kaputt! Aber ich nehme alte Auto. Nehme alle Auto. Schicke zu meine Bruder in Serbia. Er verkaufen Auto."

„Tut mir leid. Ich möchte nur fragen, wo der alte Salvermoser ist."

„Kein Salvermoser mehr. War krank. Sehr krank. Lebt nicht mehr."

Ich verabschiedete mich von dem bärtigen Serben mit dem Bedauern, kein Geschäft gemacht zu haben und verließ zügig die Straße in der der Schrottplatz lag, in dem ich einmal gejobbt hatte, ohne jemals wieder dorthin zurückzukehren.«

»Das war eine spannende Geschichte von der ich gerne mehr erfahren hätte«, meinte Werner.

»Ich glaube, da sind noch einige Fragen offen und zu klären«, sagte Alfred.

»Das denke ich auch, aber wir müssen uns ranhalten, sonst kommen wir in Verzug«, erinnerte Claus die Gruppe an das vereinbarte Programm.

»Es ist zwar schon spät geworden, aber ich möchte trotzdem noch meine Geschichte losbringen«, sagte Helmut.

»Wie ihr vielleicht mitbekommen habt, konnte ich nicht mit einem Studium – Geologie wäre es gewesen, was ich aufgreifen wollte – beginnen, da mein Vater darauf bestanden hatte, dass ich Groß- und Außenhandels-kaufmann zu erlernen habe. Das lag daran, dass er einerseits kein großes Vertrauen zu einem Geschäftsfüh-rer hatte und andererseits das Geschäft mit seinem Holzhandel in seiner Familie wissen wollte. Da er außer mir keine Kinder hatte, musste ich wohl oder übel in den sauren Apfel beißen.

Ich schaffte es nach meiner Ausbildungszeit immer wie-der mich von dem Geschäft loszueisen und mich Studi-enfahrten anzuschließen. Nach dem Tod meines Vaters war ich gezwungen, wenn ich weiter privat meine Geolo-gie-Studien betreiben und mich immer wieder für einige Wochen nicht um das Holzgeschäft kümmern konnte, einen Geschäftsführer einzustellen. Es war ein Mann, den ich aus meiner Berufsschulzeit kannte, ein Fach-mann mit der gleichen Ausbildung wie ich sie hatte.

Das ging einige Jahre gut. Ich konnte reisen und das Geschäft lief gewinnbringend weiter.

Leider katapultierte mich eine Erkrankung, die ich mir in Südafrika eingefangen hatte, für eine längere Zeit kom-plett aus dem Geschäft. Ich hatte keine Kontrolle über die Vorgänge, Einkauf- und Verkauf, alles hatte mein Geschäftsführer in Eigenregie übernommen.

Dann kam der große Schlag: Mein Steuerberater, der die Kontakte mit dem Finanzamt hielt, rief mich an, er brauche nicht nur einige Unterschriften, sondern er habe mir eine interessante Mitteilung zu machen.

Ich war noch nicht vollständig auf dem Damm, als ich ihn besuchte. Die notwendigen Unterschriften waren schnell geleistet. Ich wollte schon sein Büro verlassen, als er mir noch etwas zu berichten hatte: kurz. Es fehlen in der Geschäftsbilanz ca. 230 000 Mark! Genaueres würde er noch herausrechnen.

Hatte also der Geschäftsführer Geschäfte in seine eigene Tasche gemacht! Ich war schockiert.

Natürlich stellte ich den Mann, dem ich vertraut hatte, am nächsten Tag zur Rede.

Er berichtete mir reumütig, das Geld in der Spielbank verloren zu haben und er wolle den Schaden wieder gutmachen. 300 Mark von seinem Gehalt solle ich einbehalten. Rauswerfen konnte ich einen so langjährigen Mitarbeiter nicht. Außerdem wo sollte ich einen fachlich gebildeten Geschäftsführer hernehmen.

Ich machte ihm klar, dass sich sein Vorschlag über 60 Jahre hinziehen würde, das würde keiner von uns erleben. Diese Lösung war unrealistisch.

Er würde sich etwas ausdenken, vertröstete er mich.

Am nächsten Tag machte er mir den Vorschlag, in seiner Unfallversicherung, die er schon seit seiner Ausbildungszeit habe, mich als einzigen Begünstigten einzusetzen, da er selbst keine Kinder und Familie habe.

Ich machte ihm wiederum klar, dass ich dadurch noch nicht mein Geld wieder zurück habe.

Er habe sich schon etwas ausgedacht!

Bei einem Unfall mit vielleicht einem Beinbruch könne ein Betrag herausspringen, vielleicht auch eine Rente.

Mehr könne er mir zum jetzigen Zeitpunkt nicht sagen. Unklugerweise und gutgläubig ließ ich mich auf diesen Vorschlag ein. Den etwas kriminellen Hintergrund verdrängte ich.

Wieder gesundheitlich bei Kräften packte mich erneut das Reisefieber. Ich schloss mich einer Reisegruppe in die Polargegend an, wo keine Gefahr bestand, sich eine Krankheit durch Steckmücken einzuhandeln.
Schon auf der Hinreise nach Oslo erreichte mich ein Telegramm, das mir in wenigen Worten mitteilte, dass ein Unfall geschehen sei. Meine Rückkunft wäre notwendig.
Das war dann schon das Ende meiner Reise.
Bei meiner Ankunft zu Hause — ich war noch nicht in meinem Büro — fand ich eine Vorladung von der Polizei vor. Auf dem Präsidium wurde mir der Unfallhergang — wie er vermutlich abgelaufen war — dargestellt.
Mein Geschäftsführer hatte sich an einem Holzstapel, auf dem etwa 30 fünf Meter lange Baumstämme aufgetürmt waren, aus noch unbekannten Gründen zu schaffen gemacht. Eine Eisenstange hatte sich zwischen zwei Stämmen in der untersten Schicht verkeilt. Beim Versuch, die Stange wieder herauszubekommen, hatte sich der oberste Teil des Stapels in Bewegung gesetzt. Vermutlich konnte der Mann dem in Bewegung versetzten Stapel nicht rechtzeitig entkommen und wurde unter diesem begraben. Er muss sofort tot gewesen sein!
Das war's, was ich von der Polizei erfahren hatte.
Einige Wochen später meldete sich die Unfallversicherung und teilte mir mit, dass die Versicherungssumme

zur Auszahlung kommen würde. Ich bekam zwar die Versicherungssumme, die bei Todesfall ausbezahlt wurde, aber ich bekam das Gefühl nicht los, indirekt mitschuldig am Tod meines Geschäftsführers gewesen zu sein.

Es ist jetzt doch schon viele Jahre her und langsam verliert sich dieses belastende Gefühl.«

Claus war wegen eines ankommenden Telefongesprächs kurz vor die Türe gegangen. Wenigstens hatte die Hütte, da sie in der Nähe der Seilbahn lag, die dort das Tal mit dem Sattel zwischen den Bergspitzen verband, eine Möglichkeit mit der Welt nach draußen in Verbindung zu bleiben.

Als er zurückkam, wollte er sofort eine Neuigkeit verkünden.

»Ich habe eine Überraschung für euch! Hört mir einmal zu! Es kommt heute noch jemand zu uns.«

»Wen hast du denn zu uns eingeladen?«

»Einen Zauberer oder gar eine Striptease-Tänzerin?«, wollte der immer vorlaute Ludwig wissen.

»Nein. Quatsch! Es kommt der Willi.«

»Welcher Willi?«

»Der Grasinger Willi kommt.«

»Ach so, d e r Willi!«

»Der ist doch Pfarrer!«

»Oder so etwas ähnliches. Das wird er euch selber sagen. Er wird in einer Stunde da sein.«

»Da sind wir aber gespannt, was der uns erzählen kann!«

»Wir können bis zu einer weiteren Erzählung die Zeit zum Kaffeetrinken nützen. Giuseppe wird uns einen Espresso zubereiten. Aber erwartet nicht einen Espresso wie aus einer vollautomatischen Gaggia-Maschine. So etwas gibt es hier oben nicht. Er wird uns seinen Espresso in einem Kännchen machen, das er mitgebracht hat. Ich sage das gleich jetzt, damit sich nicht ein verwöhnter Gaumen daran stößt, wenn die Crema fehlt.«

Nach der kleinen Kaffeepause, die angefüllt war mit Gesprächen über die vorangegangene Erzählung und einem allgemeinen Meinungsaustausch, bei dem alle ihre Zufriedenheit mit dem von Giuseppe erzeugten starken Espressi geäußert hatten, sammelte Peppino das Kaffeegeschirr eilends ein, und die Zuhörerrunde wartete gespannt auf die nächste Geschichte.

Der angekündigte Grasinger Willi traf relativ pünktlich an der Hütte ein.

»Ich habe noch einen Abstecher nach Ettal gemacht, und es ging zeitlich gut auf, pünktlich zu sein«, sagte er erklärend und grüßend zugleich. »Ich hätte nicht gedacht, dass ich das zeitlich so gut schaffe. Grüß euch, alle miteinander. Lasst mich einmal in die Runde schauen, ob ich mich noch an jeden erinnern kann.«

Er stellte sich in die Mitte des Raumes und drehte sich langsam um Kreis.

»Aha, das ist der .....«

Einige erkannte er sofort, bei anderen musste etwas nachgeholfen werden.

»Ich sehe in eure verwunderten Gesichter. Vor allem wie ich gekleidet bin, nicht wahr?«

»Glaubst du, wir kennen so eine Kutte nicht?«, warf Gerhard gleich ein.

«Du hast schon Recht, es ist eine Mönchskutte. Die hängt mit der Geschichte zusammen, die ich gleich erzählen werde. Der Claus sagte mir am Telefon, das sei der Hauptinhalt der Tage, die ihr hier verbringt.«

»Und jetzt bist du Mönch geworden?«, wollte gleich einer wissen.

»Nicht erst gestern. Das bin ich schon einige Zeit. Ihr könnt mich Willi, wie ihr es gewohnt ward oder richtiger Bruder Bernhard nennen, so wie ich seit fast 40 Jahren heiße.«

»Aber hattest du nicht einen anderen Weg vor?«

»Ja, dazu muss ich euch meine Geschichte ausführlich erzählen:

Ich hatte kurz vor unserem Schulabschluss eine Freundin. Sie hieß Roswitha.«

»War das nicht die aus der Hardingerstraße?«, bemerkte einer aus der Zuhörerschaft.

»Ja, was? Das weißt du noch?«, sagte der Erzähler erstaunt.

»Wir waren schon einige Monate zusammen. Dann eines Samstagnachmittags wollte ich sie von zu Hause abholen. Aber sie war nicht da. Das sagten wenigstens ihre Eltern. Einige Tage später traf ich ihre Oma. Sie erzählte mir, dass sie mit einem jungen Mann das Haus verlassen habe. Am übernächsten Tag habe sie einige Kleidungsstücke in eine Reisetasche gepackt und sei von dem jungen Mann mit dem Auto abgeholt worden. Nach Italien. Caorle oder so ähnlich.

Was ich wesentlich später erfuhr: Sie hatte dort einen Tauchunfall; der Sauerstoffautomat habe nicht richtig funktioniert. Ertrunken? Erstickt? Keine Ahnung. Wiederbelebungsversuche waren gescheitert!

Ich war total down, frustriert, völlig daneben. Ich schloss mich in mein Zimmer ein und hörte Platten, am Ende immer nur ein Lied von den Beatles.«

»Was war das für ein Lied?«, fragte Armin.

»Es war ein altes Lied, aus den Anfängen der Beatles. Etwa von 1964. Es heißt ,NO REPLY'.
Der Text ist unauslöschlich in meinem Hirn eingraviert!«

»Und was sagt es aus? Worum geht es drin?«, hakte Armin nach.

»Unterbrich ihn doch nicht dauernd!«, griff Claus ein.

»Pass auf! Das ist der Text«, fuhr Willi fort:

This happened once before when I came to your door.
No reply
They said it wasn't you but I saw you peep through
Your window
I saw the light, I saw the light
I know that you saw me as I looked up to see
Your face
I tried to telephone they said you were not home
That's a lie
'Cos I know where you've been and I saw you walk in
Your door
I nearly died, I nearly died
'Cos you walked hand in hand with another man
In my place
If I were you I'd realize that I love you more
Than any other guy
And I'll forgive the lies that I heard before
When you gave me no reply«

»Mit Musik würde sich das viel besser anhören«, meinte
Ludwig.
»Es wird euch überraschen, was ich da heute Morgen in
diesem Bauernschrank entdeckt habe«, sagte er.
»Ja. Was wohl?«, wollte neugierig Gerhard wissen.
Ludwig stand auf und holte aus dem Bauernschrank eine
Gitarre hervor.
»Schalte doch dein Tablet ein und suche das Lied.«, bat
er Claus.

Claus schaltete sein Tablet ein und hatte im Nu das Lied gefunden.

Ludwig notierte sich den Text und setzte einige Zeichen hinzu.

»Was schreibst du denn noch alles auf?«, wollte Helmut wissen.

Ludwig nahm ein Blatt Papier und notierte sich die Akkorde, dann drehte er an den Schrauben des Gitarrenhalses und stimmte die Gitarre nach. Er nahm die Gitarre und zog sich für eine Viertelstunde auf sein Zimmer zurück.

»Da hab' ich mehr Ruhe«, erklärte er.

Im Aufenthaltsraum entstand eine Pause und es setzten in diesem Moment die gewohnten Gesprächsgeräusche ein.

Ludwig kehrte nach einiger Zeit zu den anderen zurück:

»Also jetzt hab ich es, die frühen Beatles-Songs sind einfach gestrickt, später war alles komplizierter.«

Ludwig spielte und sang dazu das Lied ‚No reply.'

Bruder Bernhard, der Willi, hörte schweigend zu. Er musste schlucken, als er das Lied, gespielt von Ludwig hörte, und entschuldigte sich, als das Lied zu Ende war, und verließ den Aufenthaltsraum.

»Ich muss mal kurz an die frische Luft!«, sagte er, als er darauf die Türe hinter sich schloss.

»Es hat seinen Nerv getroffen«, sagte Albert in die nachdenkliche Runde.

»Das hat das Mönchlein ganz schön mitgenommen«, spöttelte Gerhard.

»Halt dein blödes Maul!«, wies ihn Alfred heftig zurecht.

Als Willi wieder zurückkam, meinte Albert: »Da ist doch noch etwas hängen geblieben bei dir!«

»Manche Erinnerungen wird man auch über Jahre nicht los«, sagte Werner.

»Wie bist du mit der Situation damals klargekommen?«

»In einem Gespräch mit unserem Reli-Lehrer kamen wir auf das Thema Priesterseminar zu sprechen«, erklärte Willi.

»Und?«

»Dort meldete ich mich zum nächsten Termin an.«

»Dann bist du Pfarrer geworden!«

»Langsam. Nicht so schnell!«

»Als ich kurz vor der Priesterweihe stand, habe ich mich den Benediktinern angeschlossen. Erst war ich Novize in einer Art Probezeit. »Heute betreue ich eine Pfarrstelle im Landkreis Pfaffenhofen. Könnt mich mal besuchen! Ich würde mich freuen.«

»Das ist ein interessantes Angebot«, bemerkte Claus.

»Wie ihr wohl wisst, weiß man mit 18 nicht, wohin einen das Schicksal oder Gott führt!«

»Beneidenswert, so ein Lebensweg«, war von Alfred zu hören.

»Dafür wäre ich nicht geeignet«, bekannte Werner.

»Was war eigentlich mit dem jungen Mann, der deine Freundin mit zum Tauchen genommen hat?«, war aus der Runde zu hören.

»Der ist Zahnarzt geworden, habe ich zumindest gehört, und hat eine Praxis in Nordbayern, Bamberg oder Bayreuth!«

»Du machst den Eindruck, als hättest du die Kurve gekriegt!«

»Habe ich! Habe ich!«, lachte Willi wieder entspannt.

Es setzten wieder vereinzelte Zweier- oder Kleingruppengespräche ein, bis Gerhard, mit dem sich keiner unterhielt und der ruhig in der Ecke saß, auf sich aufmerksam machte.

»Ich weiß, es ist nun keiner mehr übrig«, lachte Gerhard verschmitzt
»Jetzt bin endlich ich dran mit dem Erzählen.
Alle wissen noch, dass ich zum Staat gegangen bin, nach dem ich mein Jurastudium abgeschlossen hatte. Aber nicht zur Bahn oder zur Post, nicht zum Finanzamt oder zum Zoll. Ich bin zur Polizei gegangen.«

Die überraschten Kameraden am Tisch schauten irritiert zu Gerhard.
»Mit einem Doktortitel vor dem Namen kam man dort rasch voran.«
»Da muss ja eine spannende Geschichte drin sein.«
»Ich denke, das wird so sein.«
»Also, ich gehe in zwei Monaten in Pension. Daher habe ich meinem Chef, dem Polizeidirektor versprochen, die noch bei den Akten liegenden ungelösten Fälle abzuarbeiten. Der lachte nur und hielt das für unmöglich. Das stachelte mich weiter an.
Bei meinen Nachforschungen stieß ich auf mir bekannte Namen aus meiner Schulzeit, aus unserer Schulzeit.
Das veranlasste mich, den Claus zu drängen endlich mal ein Klassentreffen einzuberufen. Nun ist es soweit. Ich bin froh, dass das soweit geklappt hat.
Semper aliquid haeret. – Irgendeiner hat immer noch etwas am Stecken – frei übersetzt.«
»Und das willst du jetzt bei uns und heute suchen!
Der Gerhard war schon immer ein pedantischer Kniffler, damals schon in der Schule.«
»Ja, er war auch immer ein Eigenbrötler!«

»Und ein Petzer, der unkameradschaftlich alles nach vorne zum Lehrer getragen hat.«

»Aber ein erfolgreicher. Was sich gezeigt hat«, sagte Gerhard.

»Jetzt stochert er bei uns herum. Auch heute noch!«

»Ihr habt mir die Arbeit, die ich mir schwerer vorgestellt habe, erleichtert. Ihr habt wesentlich zur Aufklärung und Aufklärungsansätzen von einigen Fällen beigetragen.«

Die Runde murmelte einige Flüche und Verwünschungen vor sich hin.

Die Stimmung des Abends war wie durch eine heftige Bö weggeblasen. Einige wollten noch einen starken Drink nehmen, andere rasch auf ihr Zimmer. Merkwürdigerweise kehrten sie aus ihren Zimmern nach einer gewissen Zeit immer noch aufgekratzt zurück.

Gerhard hatte sich ebenfalls auf sein Zimmer zurückgezogen, nachdem sich die Anfeindungen gesteigert hatten.

»Die Polizei, die ich verständigen werde, wird morgen einiges zu klären haben«, sagte er und verschwand spitzbübisch lachend aus dem Aufenthaltsraum.

Jetzt begann eine schon verzweifelte Diskussion, wie sie ihre Hälse aus Gerhards Schlingen ziehen konnten.

»Apropos Schlinge!«, brachte einer die Metapher ins Gespräch. »Ich wüsste schon eine Lösung, aber die ist kriminell und brutal.«

Die Beratungen zogen sich einige Zeit dahin. Vernünftige Lösungen kamen immer weniger in die Diskussions-

runde. Es waren eher verzweifelte, abwegige Vorschlä-
ge, die gemacht wurden.

Als Gerhard wieder grinsend erschien, saßen alle wie
die Geschworenen bei einer Gerichtsverhandlung mit
ernsten Mienen und sich sachlich distanziert verhaltend
um den Tisch.
Claus hatte für eine Viertelstunde den Raum verlassen
und kam in einer gelösten, aufgeräumten Stimmung zurück.
Einige in der Runde schüttelten verständnislos den Kopf.

»Was hat dich denn jetzt so aufgeheitert?«
»Wie kann man in einer so ernsten und bedrückenden
Situation so locker daherkommen?«
Claus begann: »Jetzt seid einmal alle still und hört mir
gut zu!«
Er wandte sich an Gerhard:
»Du hast uns einen schönen Schrecken eingejagt. Und
wir wären dir fast auf den Leim gegangen für Dinge, die
vierzig bis fünfzig Jahre zurückliegen.«
Gerhard grinste, wie immer wenn er etwas Hinterhältiges
ausgeheckt hatte.
»Ich wollte nur einen Spaß machen. Es gibt keine Dos-
siers oder Akten über euch. Aber mir hat es einen Rie-
senspaß gemacht, euch Blut und Wasser schwitzen zu
sehen. Verdient habt ihr das ja, ihr habt mich über Jahre
während der Schulzeit gepiesackt und gedemütigt, ob
beim Sport oder in einem Fach, in dem ich nicht so ge-
glänzt habe.«
Es folgten die verschiedensten Bemerkungen:

»Das ist wieder typisch Gerhard!«
»Er hat sich wieder eine teuflische Gemeinheit einfallen lassen.«
»Denkt daran, was ich vorhin gesagt habe.«
»Der hätte noch mehr verdient!«
»Eigentlich sollten wir ihn … aber ich sag's lieber nicht!«
Es kamen knallharte, verbitterte und gehässige Kommentare.

»Ruhig, Kameraden!«, Claus wollte seine ehemalige Schulkameraden zur Ruhe bringen.

Er hatte sich ganz unaufgeregt verhalten. Er erklärte der aufgebrachten Runde folgendes:
»Ich habe vorhin noch ein Telefongespräch mit einem guten alten Bekannten aus dem Justizministerium geführt – Titel und Namen tun nichts zur Sache. Er berichtete mir, dass vor Jahren gegen Gerhard an der Universität ermittelt worden war, mit dem Endergebnis, dass wegen Verstoßes gegen die Prüfungsbestimmungen ihm der Doktortitel aberkannt wurde und er in der Folge seine Stelle im Ministerium verlor. Er wurde an eine Verwaltungsabteilung der Polizei fernab von der Landeshauptstadt versetzt. Seine Frau, die ebenfalls Juristin ist, hat sich von ihm getrennt, wohl weil sie selbst um ihre Karriere fürchtete. Da hat ihn schwer getroffen. Aber wir werden ihm heute noch seine hochmütige Tour vermasseln, mit der er uns heute Abend drangsaliert hat.«
Gerhard wurde blass. Er wollte seinen Spaß selbst aufdecken, nachdem er die Runde noch etwas weiter in die Enge getrieben hätte. Er verhaspelte sich im Versuch

einer Entschuldigung. Auch wollte er nicht alle Geheimnisse seines beruflichen und privaten Scheiterns offenlegen. Jetzt hätte er im Boden versinken können.

Teilweise erleichtert, manche, teils nur unwesentlich und mit betretenen Mienen, verbrachten sie den Rest des Abends. Die Stimmung war auf den Nullpunkt gesunken. Einige erhoben sich bald, um Müdigkeit vorzuschützen, andere wandten sich den Spirituosen zu. Da sich kein Stimmungsumschwung einstellen wollte, war für sie der Abend auch bald beendet.
Manche schlichen missmutig auf ihr Zimmer, andere taten ihren Groll mit unterdrücktem Gemurmel kund.

Am Morgen, als alle – fast alle – mehr oder weniger verkatert am langen Frühstückstisch zusammensaßen, zu dem sie, um Einigkeit zu demonstrieren, drei Tische zusammengeschoben hatten.

»Auf Gerhard warten wir jetzt nicht mehr. Ich kann sein Gesicht nicht mehr sehen«, war aus der Gruppe zu hören.

In einer ungewöhnlich gemeinsamen Aktion, anders als der Morgen vorher abgelaufen war, räumten sie den Frühstücktisch ab.

»Jetzt könnte er langsam auftauchen«, meldete sich eine ungeduldige Stimme.

Claus betrat den Aufenthaltsraum. Erwartungsvoll waren alle Blicke auf ihn gerichtet.

»Und?«

Die Frage von Ludwig ließ alle Antworten zu.

»Kommt mal alle mit in den leeren Stall nebenan. Da hängt er.«

»Was? Machst du Witze?«, war die erregte Reaktion.

Erschrocken sprangen alle auf, die ersten folgten hektisch, die anderen zögerlich dem Claus, der die Nachricht, die wie eine Bombe eingeschlagen hatte, der versammelten Gruppe überbrachte.

Im Stall umstanden sie den Hängenden.

»Der lebt nicht mehr. Den schneiden wir nicht herunter. Wir greifen hier nichts an«, bestimmte Claus.

Die Polizei, die verständigt worden war, beschäftigte sich nach ihrem Eintreffen mit der Aufnahme der Daten der anwesenden Gruppe.

»Das kostet uns den Rest des Tages«, bemerkte Alfred.

»Auch ich möchte nicht so viel Zeit opfern, wegen dem falschen Hund.«

»Am liebsten würde ich gleich abhauen.»

Die Stimmen waren gereizt.

»Keiner haut jetzt ab. Das ziehen wir jetzt gemeinsam durch. Wenn einer abhaut, dann zieht sich das alles nur weiter in die Länge!«, stellte Claus entschieden fest.

Mittlerweile war der Amtsarzt des Landratsamtes eingetroffen. Dieser hatte keine große Arbeit mehr. Spuren von Fremdeinwirkung wie Fesselungen oder Schlagmale konnte er nach seiner Begutachtung ausschließen, so dass der Leichnam abgenommen und abtransportiert werden konnte.

Es wurde den Beamten einstimmig durch die versammelte Gruppe berichtet, dass Gerhard am Vorabend schon depressive Äußerungen getan habe. Auch sei er mit dem Ausscheiden in die Pension, das man ihm nahegelegt, ja nahezu gedrängt hatte, unzufrieden gewesen. Er hatte seine Zeit nach dem Dienst nicht geplant und organisiert. Er wäre in ein tiefes psychisches Loch gefallen. Von seinem hinterhältigen Verhalten sagte keiner etwas.

Nach Beendigung ihrer bürokratischen Befragung, gab es noch einige Belehrungen und Hinweise. Auch bezüglich der Presse, die ziemlich bald Wind von dem Todesfall bekommen würde. Es wurde der Gruppe bekannt gegeben, dass die Pressestelle der Polizei sich der Sache annehmen werde. Alle wurden mehr oder weniger ermahnt, sich nicht unbedingt an die Öffentlichkeit zu wenden, davon riet man ab.

»Die Presse wird sicher bald hinter jedem von Ihnen her sein«, war die abschließende Bemerkung, des leitenden Kommissars.

Dann verabschiedeten sich die Beamten. Der Parkplatz leerte sich rasch.

»Jetzt können wir auch noch zusammenräumen und das Treffen beenden«, brachte sich Claus wieder formell in das Gespräch ein, zu dem sich alle vor der Hütte versammelt hatten. »Gibt es noch einige Teilnehmer, die noch nicht gleich losstürzen wollen und mir noch eine Hilfe sein könnten?«, fragte Claus in die sich auflösende Gruppe.

Einer um den andern war froh, wenn auch verspätet, sich von der Gruppe lösen und dann davonmachen zu können. Bei der Abreise von der Hütte war aus dem Gesprächen der Tenor herauszuhören, dass einige sich gegenseitig versicherten, nach diesem überstandenen Wochenende sich nie mehr zu treffen und jeder bis sein Lebensende seine eigenen Wege gehen werde. Einige äußerten noch nostalgische Wünsche nach einem Wiedersehen in fünf Jahren, was auf ein unterschiedliches Echo stieß.

Zu zweit räumten Claus und Erwin die Hütte auf und stellten die vom Vermieter gewünschte Ordnung wieder her. Da sich auch die Tardellis verabschiedet hatten und für einen Besuch bei ihnen im Lokal in der nächsten Zukunft geworben hatten, saßen beide noch ein Weilchen auf der Bank vor der Hütte. Jeder hatte sich noch ein Fläschchen Bier, das übrig geblieben war, aus dem Kofferraum von Claus' Auto genommen.

»Wie bist du eigentlich an diese Hütte gekommen?«

»Ja, das war schwierig. Ohne Beziehungen ist es schwer einen bestimmten Termin zu bekommen. Manche Hütten sind im Sommer schon über lange Zeit im Voraus belegt. Und man wird von den Vermietern immer gefragt, von welchen Personen die Hütte belegt werden wird. Party- und Saufgruppen werden grundsätzlich abgelehnt. Man muss schon die richtigen Leute kennen, und die kenne ich zum Glück auch.«

»Wann machen wir das nächste Treffen?«, fragte Claus ironisch und blickte in die Ferne und tastete mit seinem Blick die Gebirgskette, die sich in der Ferne auftürmte, ab.

»Du glaubst doch nicht im Ernst, dass wir noch einmal zusammen kommen!«, antwortete Erwin.

»Sicher nicht. War ja auch rein rhetorisch gemeint.«

»Aber insgesamt betrachtet, können wir zufrieden sein, wenn man von Gerhard absieht.«

»Ja, ich denke auch, dass dieses das letzte Klassentreffen war. Es ist nicht zu erwarten, dass man nochmals alle zusammenbringen kann.«

»Wie du gesehen hast, sind Klassentreffen immer eine problematische Veranstaltung. Trotz der längeren gemeinsamen Zeit auf der Schule, denn die liegt sehr lange zurück.«

»Es liegt vielleicht daran, dass wir alle unterschiedliche Lebenswege und Lebenserfahrungen hinter uns haben.«

»Ja. Das ist sicher so. Vermutlich tun sich da junge Menschen leichter. Frühe Treffen laufen vielleicht problemloser ab.«

»Vermutlich hast du Recht. Und wie sieht es bei dir aus?«

»Ich werde nur noch ein halbes Jahr arbeiten, dann ändere ich unsere Geschäftsform und übergebe den aktiven Teil meinem Neffen, denn Kinder habe ich keine. Ich bin dann nur noch stiller Teilhaber.«

»Und du. Wie geht es bei dir weiter?«

»Wie ich erzählt habe, bin ich seit einigen Jahren Witwer. Natürlich habe ich eine Hilfe für das Haus und den Haushalt. Ich habe seit einem Jahr eine Filipina und ich werde sie auch demnächst heiraten. Sie ist zwar zwanzig Jahre jünger als ich. Aber es gibt viele Gründe zu heiraten. Die Steuer ist nur einer davon.«

»Dann wünsche ich dir alles Gute dafür.«

»Danke. Und dir viel Erfolg weiterhin für dein Geschäft.«

»Gut. Dann lass uns aufbrechen. Ich muss nur noch die Hütte abschließen.«

»Wenn du mich noch bis zum Bahnhof mitnehmen kannst.«

»Ist doch klar. Das ist kein großer Umweg. Ich möchte im Dorf nur den Schlüssel der Hütte angeben.«

Gemächlich wie zwei Wanderer, die von einer weitreichenden Bergtour zurückkehren, schlenderten sie die kurze Wegstrecke zum Parkplatz hinunter.

Die Handlung und alle handelnden Personen sind frei erfunden. Jegliche Ähnlichkeiten mit lebenden oder realen Personen wären rein zufällig.